Déjame imaginar que no existe el pasado

Roberto Meléndez

FINALISTA
VII Concurso Internacional de Novela
Contacto Latino

ISBN-13: 978-1-63065-123-7

PUKIYARI EDITORES
www.pukiyari.com

*"La palabra pertenece por mitad
a quien habla y a quien la escucha..."*
—Montaigne

A Laura

Índice

No me platiques más

1985 (previo)

Agarré el auricular y empecé a marcar el número de tu casa, Edgar. Te había mencionado previamente que estaría en Monterrey y por eso estarías aguardando por mí; al fin y al cabo, te había dicho que esperaras mi llamada después del mediodía. Claro, nunca te aseguré en cuál vuelo ni aerolínea, pues no deseaba ser recibida por nadie en el aeropuerto. Simplemente quería realizar mis cosas sola, enteramente sola. Y así, sola, llegar a este rincón regiomontano con tantas sombras de un pasado compartido...

La habitación era pequeña pero suficiente. Una cama matrimonial con una colcha de colores obscuros, donde se dibujaban flores con toda la apariencia de haber sido bordadas a mano. Un baño con regadera y tina; un espejo empotrado en la pared trasera de la puerta y otro más justo arriba del lavabo de tamaño breve. Más allá, entre la extensión del baño y el pasillo principal de la habitación, se ubicaba una pequeña mesa avecindada de una silla con respaldo de tela acojinada. El lugar era agradable, en cierto modo, confortable.

Qué bueno que ya estoy aquí. Es horrible sentir cómo el sudor recorre la silueta de mi cuerpo, sin que se le escape un escondrijo, incluso el más secreto. Parece un castigo de Dios todo esto; un verdadero suplicio caminar por las calles bajo este tortuoso calorón. Algún designio maligno, un resentido mandato celestial lo envía. Cuentan las viejas lenguas que todo lo que hacemos en vida, debemos pagarlo antes de abandonar este mundillo lleno de ratas. Antes de irse, una persona debe dejar las cuentas saldadas con el pasado vivido, para poderse ir tranquila al reposo en ese limbo celestial, si es que existe en algún sitio. Por lo pronto el bochorno en las calles es insoportable, infernal.

Ahora mismo me siento fatal. Los jaiboles de anoche me están martirizando, haciendo añicos mis ideas. Los penosos hechos me tienen dentro de una olla de presión. Es asfixiante sentir cómo me ahogo en este mar de reflexiones, sumado a este infernal verano regiomontano. Edgar dice que así es siempre en la canícula. Termina la temporada de lluvias y el calor irrumpe de modo grosero en el medio ambiente, para sofocar hasta el más fresco retoño.

Ya no aguantaba esta mugrosa maleta, me quedé mirándola con verdadero rencor. ¡Dios, cómo pesa! Debí viajar como la vida me trajo al mundo. Sin nada. Al fin y al cabo regresaré igual, sin nada. Hasta para morir debo cargar con el costal de mis huellas agraviadas. Ya no soportaba a esa vieja insidiosa de la casa de huéspedes a donde tuve que recluirme una vez que mis hermanos y mi madre me echaron a la calle. Me traía frita con todos sus chismes y enredos. Preguntas y más preguntas, vieja imbécil, como si yo fuera la única persona en el mundo que carga con semejantes crucigramas sin resolver; pero ni modo, debía ponerle un remedio a esos días en que me echaron de casa.

¡Papá, cómo te necesito! Me siento tan vacía, inútil, estúpida, sin ti, pero no podía seguir al lado de la familia que tú creaste. Continué con mis introspecciones mientras seguía dando vueltas alrededor de la habitación. Debo confesar que preferiría estar contigo a pesar de los pesares, aunque por ahora no quiero pronunciar tu apellido, y no es que haya renunciado a él. Es simple: estoy confundida, desorientada, no atino a pensar con claridad. La flor se marchitó antes de tiempo, no dio el fruto que esperabas. Cuando ya no te vi, me asomé a la ventana esperando percibir la primavera, más de pronto me encontré en el ojo de un huracán, después de muchos años de sentirme segura, tantos, bajo tu protección.

Fui al baño. Me quité el vestido de una sola pieza que traía. Me fue fácil hacerlo desabotonando todo el frente del mismo. Me estorbaba por caliente, pues, como no, era diseñado a base de fibra sintética. En esta región es más conveniente utilizar ropa de algodón. Los norteños dicen que el algodón absorbe con eficacia la sudoración y su comportamiento es térmico. En pocas palabras, facilita la transpiración. Me sentí más aliviada y fresca. Los cuarenta y tres grados centígrados sentidos en la calle se olvidan cuando te encuentras en un área acondicionadamente fresca.

Me paré frente al espejo. Demacrada, ojerosa, con la piel ceniza, las mejillas infladas del calor, aún me corrían los hilillos de sudor por el cuello desprendiéndose gota a gota, cómplices de mi cabellera abundante, ondulada y negra. Agarré una pequeña toalla de manos y la humedecí. Con ella me limpié el rostro, el cuello y los brazos. Saqué del bolso mi lápiz labial, el rubor, mi juego de pinturas y el cepillo del cabello. Menjurjes propios de las mujeres. Me acicalé con severo desprecio. Eché fuera del bolso la toalla femenina, según mi padre, un indiscreto elemento, esencial en la naturaleza de toda mujer. ¡Caramba, por qué no fui hombre! Ellos sólo sacuden su miembro para escurrirse. Acerqué mi rostro al espejo para ser precisa en la aplicación del color en los labios; no quería hallarme desdibujada. Procuré el rímel de los ojos con ligero esmero, marcándolos con negro, como la sombra de mis quebrantos, un poco de rubor sobre las mejillas y nariz. Por último y con delicadeza, casi me vacié el perfume francés que recientemente había comprado en un almacén donde ofrecían mercancía barata, pero de marca.

A veces alcanzaba a escuchar los motores de los camiones urbanos que pasaban por la avenida, al pie del hotel. Era curioso tomar conciencia del exterior cuando en tu interior has tomado una difícil decisión para el resto de tus días. Su rugido sonoro y constante me recordó el lugar de mi espera, aguardando la hora última. No puse música, tampoco la televisión, no quería ruido, sólo estar conmigo misma. Beberme la última porción de mis angustias en la emotividad absoluta de mi masoquismo absorbente, en doliente silencio, sin influencias externas ni extranjeras que distrajeran mi propósito. Ya llevaba muchos días con todo y sus noches respirando el dolor. Éste ocupaba las primeras letras de mi abecedario, los brazos me pesaban como dos mazos colgando de mis hombros. Mi deseo era terminar de una vez. No dejar nada para mañana. Inútil era prolongar este trance que sólo me acarreaba terribles migrañas. Al único ser humano a quien quería darle el reconocimiento de mi última comparecencia era a Edgar.

Volví a meter la mano al bolso y saqué la navaja filosa con la que mi padre se afeitaba diariamente. Era tan experto haciéndolo que me tenía absorta cuando, por las mañanas, la manipulaba ligero para subirla y bajarla, una y otra vez con educado adiestramiento, desde la patilla hasta su barbilla blanca, puntiaguda y afilada. Él se regocijaba cuando yo lo miraba; sabía que me gustaba verlo, de eso estoy segura. Era una especie de telepatía que se transmitía en ambos sentidos. Me tenía hipnotizada con la profundidad de su mirada, con aquellos ojos que se hundían en el rostro ajado, blanco, igual a sus canas, y así, terminaba de usar su navaja. Al acabar su cotidiana tarea me levantaba fácil con sus brazos largos y me subía hasta él, para tronarme un beso en las sienes o en los cachetes. ¡Cómo extrañé esos días! Nunca se repitieron.

Cuando crecí, y me hice mujer, quería seguir siendo su niña. Pero su caricia se perdió en otros mares sin playa conocida y añoré hasta lo indecible su rasgo paternal y mañanero. Nunca volvió.

Al dejar de ser niña, él se convirtió en un padre adusto y hostil, con mirada penetrante, reservada. Al hablarme, su palabra era seca, agria, sin brillo, sin ternura. Adoptó su papel de gobernante supremo, cuyo mandato llegó a ser dogma hasta el último día en que pisó la tierra, con sus dos ancas casi tiesas pero largas como zancudo. Aunque, no he de negarlo, me gustó su papel de jefe. Como dicen, "de comandante en jefe". Al dirigirse a mis hermanos lo hacía con voz fuerte, clara, segura, al punto. Todos lo seguimos como la doctrina dominguera, al pie de la letra, sin aspavientos; aún y cuando la adolescencia ya devenía en la madurez de algunos de nosotros, casi nunca nos atrevimos a señalarle alguna inconveniencia de nuestra parte. Pero mi madre sí, con mucha frecuencia. Ella era bronca, se inconformaba a través de sus gestos de reprobación o con sarcasmos evidentes a la luz de todos nosotros. Se encolerizaba, respondía enojada, en ocasiones a gritos, en contra de lo que mi padre ordenaba. Fundamentalmente, cuando la reprimenda cambiaba una costumbre entre sus hijos. Mi madre, a últimas fechas, de plano le había perdido el respeto, la confianza y el temor, atreviéndose a decirle: "¡Cállate, estás viejo y senil! Recuerda que vienes del metate, del molcajete y los tepalcates. Y de eso hace ya ochenta años, los chiquigüites y los huipiles forjaron tu adolescencia. Ahora deja a mis hijos en paz, déjalos que crezcan con su tiempo y no con tu pasado vetusto".

Aquí y ahora, así lo imagino. Lo pienso. En este momento, junto al espejo, mirándolo, contemplándolo, del modo en que él se acicalaba el cabello cano. Así me veo hoy, con la misma vejez por dentro, investida en esta piel todavía joven, que ha servido solo para hacer gozar a unos inútiles, quienes quisieron llevarme a la cama, solo porque, según ellos, "estoy muy buena". ¡Qué estupideces dicen los hombres! Se dejan llevar por su pinche calentura.

Me miro al espejo y en voz alta medito: háblame espejito, califica mi paso por esta tierra de inconscientes. Hazme saber cuáles son las mayores idioteces de mi vida para viajar por la eternidad con esas verdades. No te preocupes, el filo de esta navaja en un instante le pondrá fin a mis quebrantos. Sé que me iré rapidito, sintiendo cómo la vida se escurrirá desde mis venas cayendo al piso, donde mis pies, como serpientes, han ido zigzagueando esta desdichada suerte. Mi familia se enterará de este dolor; segura estoy que se arrepentirán de haberme echado sobre la espalda un manojo de palabrotas. Como dicen, nadie sabe lo que tiene hasta que lo ve perdido. Para entonces no seré yo quien les dé una explicación de mis razones por acabar con mi existencia.

Me acomodé en la cama, después de asearme, me sentí mucho más fresca. Ya sin sudor entre mis piernas, comencé a rezar un *Padre Nuestro*, seguido de dos *Aves Marías*. Aprendizaje paternal nunca olvidado. Mi padre había sido muy devoto. No se perdía ni una misa ni un domingo. Asistía al único templo en su natal Juan Aldama, uniéndose al peregrinaje de cientos de feligreses. Nos contaba que ir al santuario era como dar un paseo, una vuelta a la plaza, sentarse en las bancas soleadas a la orilla de los pinos y fresnos crecidos, después de haber oído al sacerdote decir su sermón acostumbrado en el púlpito elevado. "Hijos míos, habéis pecado, bla, bla, bla, sin razón y sin reserva", de castigo a vos les impongo, decía, rezar un montón de oraciones y otras de devociones. Aun y con eso mi papá, nunca recordó haber cumplido con la penitencia a cabalidad. Pero, en fin, comentaba, había que escuchar al padrecito atentamente resignado.

Recargué mi cabeza en las almohadas. Puse una sobre la otra, colocando la navaja abierta sobre el mueblecito que amparaba la lámpara a un lado de la cama, quedando mis ojos de frente a la televisión, sin que pensara un momento en encenderla. Absurda memoria, me hizo recordar, de pronto, el día en que llegó a la casa el primer televisor. Fue toda una celebración. La maravilla del siglo XX. El mayor acontecimiento familiar. Ver las caricaturas de *Tom y Jerry*; *El Gato con botas;* el *Súper-Ratón*; las aventuras de *Lassie* y *Rin Tin Tin*. Los *canes* héroes de mil batallas que siempre ganaban. Y qué decir del cuento dominguero de Enrique Alonso, que llenó de fábulas hermosas mis ilusiones juveniles. Ocasionó el surgimiento de batallas campales entre los hermanos por cambiar de canal, o porque alguno opinaba distinto a los demás. En eso llegaba mi madre y nos ponía quietos al instante.

Agarré el auricular del cuarto y empecé a marcar el teléfono de Edgar. Presentía que él estaría esperando mi llamada. Mis dedos teclearon su número. Segura estaba que él me contestaría, viviendo aquí en su tierra postiza como él la llama, aunque nunca se le quitará el orgullo que siente por ser potosino. Siempre cariñoso, adulador, cordial, afable, bien hablado. El amigo leal, inquebrantable, fiel. De aquellos amigos que ya no hay.

—Edgar, ¡qué bueno que te encuentro! ¿Cómo estás? —le dije a secas, al tiempo que agradecía desde mis adentros que estuviera fiel, adicto a mi palabra, esperándome como siempre. Fue un alivio corroborar su lealtad. En verdad, deseaba platicar con él.

—¡Hola mi reina linda! He estado esperando tu llamada. ¿Dónde estás? ¿De dónde me llamas? ¿Estás aquí o me hablas todavía desde la ciudad de México?

Lo dijo amable y afectuoso, como cada vez que hablábamos por teléfono por larga distancia. Él me amaba. Yo lo sabía. Lo supe desde su primera mirada. Haría cualquier cosa por mí. Desafortunadamente, Edgar ha tenido la mala costumbre, desde que lo conozco, de ser un hombre que raya en la perfección.

Muy formal, serio, severo, circunspecto, correctísimo. Se nota por su habla y forma de vestir que me lleva diez años de edad. Potosino de siempre. Lo lleva en el alma. Nunca ha renunciado a su terruño querido. Sus gratas conversaciones por lo general resultan por demás interesantes y amenas. Nunca me aburro con él. Será por eso que lo veo como si fuera mi hermano mayor. Porque él es cuerdo, congruente, coherente, seguro de sí mismo. Tan seguro como un reloj fabril. Tiene la rara virtud de que todo lo que emprende, invariablemente, le sale bien. Conserva una idea fija de sus metas. Es perseverante con ellas hasta que cumple con sus expectativas. Yo, en cambio, soy la antítesis de su ventura que, en ocasiones, me hace sentir más desdichada de lo que soy. Me pregunto si alguna vez él se ha dado cuenta de lo chiquita que me siento cuando conversamos.

—Aquí estoy, en Monterrey —respondí sin emoción—. Estoy a la espera de que el reloj haga su trabajo y marque la hora final de mi destino.

—¿De qué hablas? ¿Por qué tan dramática, Rosario? Te oyes tan deprimida. Habla más fuerte que no te escucho bien. Pega la bocina a tu boca. Dime con quién estás o en qué lugar te encuentras para ir por ti.

Lo escuché perfectamente bien desde mi aposento alquilado, a media luz, sólo con la lámpara del buró encendida, perfilando mi sombra en las paredes, rasgando mi rostro descompuesto por las ojeras de las seguidas desveladas. Recordé que así pasamos nuestra infancia en casa, en las sombras. Con un foco encendido aquí y otro allá, según las indicaciones celosas de mis padres que pagaban las cuentas.

—Estoy muy cerca de ti. Tan cerca que en minutos podrías darme alcance. —Comencé a llorar. Me di cuenta porque él lo notó antes que yo. Los hombres piensan que las mujeres tenemos el incontrolable hábito de mostrar nuestras debilidades fácilmente a través de las lágrimas. Ellos consideran nuestro llanto como una actitud innoble, donde predomina el chantaje. Ilusos, a veces se les oye decir verdaderas idioteces las cuales es preferible callar, aunque, en ocasiones como esta, mi llanto sí era una manifestación espontánea y sincera. Cercana al miedo, a la desesperación.

—¿Por qué lloras?, ¿qué te pasa? Dime amor, cuéntame. ¿Por qué estás tan triste?

Guardé silencio, viendo el tapiz lustroso de la pared amarilla que tenía frente a mí.

—Cuando me hablaste desde la capital —prosiguió—, me comentaste que algo muy grave te había ocurrido. Por favor, te suplico me digas qué fue lo que sucedió.

Y comenzó mi sermón:

—Me siento fatal. Muchas sombras me tienen en la desesperanza. Una tormenta sin predicción, llena de desgracias, mala suerte y otras cosas por el estilo, interrumpió con huracanes la paz que yo, tu Chayo, tu amada soñada —le dije después de unos segundos en que suspiré hasta el fondo—, tu reina consentida se convirtió, de forma irremediable, en una esclava condenada a prisión perpetua. Estoy hecha añicos por los altibajos del destino. Me tienen a la orilla de un abismo. Escúchame bien. Mi partida es cuestión de segundos, los cuales me acompañarás a contar. No estoy drogada, no te espantes. Nunca me he inclinado a ese proceder, aunque a veces me sienta con ganas de hacerlo. La verdad es que al día de hoy no he fumado ni esa yerba. Y tampoco me he inyectado nada. Me encuentro suspendida en una gravedad insospechada, sin tocar el piso por donde camino. Sin darme cuenta si avanzo o retrocedo. Ignoro si voy hacia el norte o para el sur. El faro que amparaba mi embarcación, ciega en la oscuridad mi puerto esperado. He llorado noches enteras por haber dejado ir todo lo que tuve, o lo que pensé que era mío; y, al final de cuentas, quedé con cero en mi haber. El amor que yo presumía tener por la vida hasta hace unos días y del cual disfrutaba como la regidora de un paraíso sin igual, ha dejado de serlo y solo una huella amarga ha quedado detrás de mi experiencia. Ahora mismo me encuentro en un hotel, cerca de ti, tiritando del miedo por seguir mal viviendo. Quiero escapar a donde no me encuentre con esta maldita ruina que me tuerce el cuello sin poder tragar saliva, sin poder curarme de este dolor, de esta congoja atorada en mi garganta y de la enorme angustia que no me deja pensar.

—Ya basta *¡No me platiques más!*, ¿Qué estoy oyendo? Te conozco hace bastantes años y nunca te había escuchado tan dolida.

¿A qué inmensa frustración te refieres a la cual yo no pueda encontrarte consuelo? ¿Qué es lo que tú sabes y yo no sé?

—Me voy, Edgar —contesté de inmediato—. Te estoy dejando para siempre. Quería despedirme de ti. Viajar hasta aquí para morir. Parece estúpido, pero son mis últimos deseos. Sé que tú me darás cristiana sepultura. No hay otra persona que me quiera más que tú. Tarde me he dado cuenta. Mi sangre caliente y chismosa se esparcirá sobre esta bella alfombra. Aquí se coagulará mi pasado, transformando mi cuerpo en mera piltrafa. Estoy en un hotel que no recuerdo cómo se llama y al que no he puesto la atención de averiguar cómo se anuncia. He llegado hasta aquí de una forma autómata, sin pensar en un punto fijo. El mundo, con toda su realidad, ha rebasado la fuente de mi imaginación. Ahora sólo espero el último impulso que me dejará sin aliento. Pronto el silencio suplirá al ruido y reinará la muda melancolía. El reloj seguirá marcando el ritmo de los minutos finales hasta agotar el tiempo que me quede. Sí, he venido a recorrer estas calles que me han parecido un infierno, ahogándome por el calor que me recuerda a un desierto donde se aloja mi desazón. Y todo por la estúpida actitud de mi familia. La cual pensaba erróneamente era mi salvada herencia. ¡Craso error! He caminado sin rumbo, por ahí, sin percatarme del agujero donde he caído. Edgar, creo que he llegado hasta una habitación en la cual me parece ya estuve, por primera vez, en esta tierra milagrosa, en donde tú has tenido la fortuna de ser y tener. En alguna de estas paredes me repetiste que yo era la mujer de tus sueños, presumiendo el evangelio de tus frases, el núcleo de tu oración. Aquí me rogaste que me quedara contigo para crear un único futuro. Creo reconocer en algo sus tonalidades y colores. Estoy segura que envuelven en el aire un halo de tu presencia. Es algo así como volver a un sitio del que nunca te has ido, que inconscientemente lo has guardado, donde hubo una promesa que no tuvo eco al ser escuchada.

Hice una pausa, tragué saliva y traté de proseguir con lo planeado.

—¡Edgar! ¡Edgar! —le exigí, buscando su voz con el auricular sostenido en mi hombro. Hice un segundo llamado que prosiguió del silencio absoluto—. ¿Por qué me dejas sola?

Desdichado, te necesito, te estoy hablando. ¡Contéstame...! ¿¡Me colgaste!? ¡¿Por qué me colgaste?!

Volví a marcar su número de teléfono. No me contestó. ¿Qué pasó? Aturdida y confusa traté de proseguir con mi plan concebido. Con extremo temor agarré la navaja, arma predilecta de mi padre para afeitarse. La había dejado momentáneamente en el buró de al lado. Y, sin más, corté mis venas de la muñeca derecha. Casi ciega por el torrente de lágrimas. Lo hice con tanta fuerza que la sangre brotó de inmediato, como cuando abría la llave del agua en la azotea de la casa de mis padres en Zacatecas. Sin embargo, me aterroricé cuando vi la sangre escurrirse en todo su volumen sobre las sábanas blanquísimas de la cama. En segundos la pulcritud era un recuerdo. Me abordó el pánico. Apreté mis venas, como pude, con los dedos de la mano izquierda. Levanté un tanto el brazo ensangrentado y sujetando todavía la muñeca poderosamente, traté de impedir que me vaciara. Pero ya lo había hecho. Recién en ese momento comprendí mi arrebato. Este no era un episodio más. Me estaba quitando la vida sin haber calculado la magnitud de los hechos, sin dimensionar claramente la enorme decisión de suicidarme. Mi cobardía flechó mi mente. Apareció el arrepentimiento.

¿Cómo que del violento arranque? Si era lo que habías querido. Consignó mi conciencia. ¿Acaso no buscaste este momento? ¡Claro que sí! No cabía duda. Era todo o nada. No podía evadir esta situación imperiosa. Imposible vivir en esta desgracia. No quiero vivir esta vida tan desdichada, no de este modo. No, así no. Empecé a conformarme en sentir cómo iba extinguiéndose mi aliento y exprimir el rojo de mi existencia hasta la última gota. Eso era una cosa aparte. No sabía por cuántos minutos soportaría la tensión de mis brazos justo arriba de mi tórax, pero calculaba muy poco tiempo para hacer duradera esta resistencia, mientras el rojo caía incesante desde el techo hasta mis ojos. Se incrementó la lluvia sangrienta sobre mi rostro. Pensé en mi padre, en mi viejo que se había ido; también, claro está, en la nefasta figura de mi madre, y en el inmenso rencor que en últimas fechas me acosó. Pensé en la brutalidad de mis hermanos. En Eduardo, que me agrietó el alma cuando más lo necesitaba. En mi soledad que, inexplicablemente, me acobardó al punto de la locura.

Comencé a gritar para que alguien me oyera, alguien debiera estar transitando por los corredores del pasillo en el piso donde me encontraba alojada. Quería avisar que estaba muriendo como consecuencia de un rojo caliente el cual se desbordaba como llave sin control, aún con los dedos encima y apretando con todas mis fuerzas. Que les echaba a perder las sábanas blancas y la colcha de intrincados tejidos artesanales. Mi llanto ya no dejó libertad para el grito que se ahogaba en mi garganta, sintiéndola cada vez más árida y reseca, sin saliva. La pesada situación hizo endeble mi esfuerzo. Estorbó a las ganas, hasta que dejé caer los brazos exánimes por el cansancio para que, inevitable, el principio llegara a su final. Pensé: *Qué sola me estoy quedando. Y el silencio me hace daño, elementos no añorados ni aun cuando dormía, como ahora que el sueño y el desgano me arrebatan.*

¿Edgar, dónde estás? ¿Por qué me dejaste morir sola? Vine hasta aquí por ti. Para que tu recuerdo me enterrara y tus ojos me lloraran. Para que tu lealtad pusiera una flor en mi tumba cada mes de noviembre. Tengo ganas de vivir. ¡Señor, yo me confieso, soy culpable de todo y por todo! Edgar, dime ¿dónde estás? Mi vista se fue hacia el teléfono nuevamente, pero el auricular colgaba en toda la extensión de su hilo plástico, como mis manos ahora colgaban del filo de la cama. Ya no tenía fuerza para levantar, ni los brazos, ni el auricular. Qué ingrato era enterarse que en el último suspiro todavía tenía ganas de vivir. Edgar, ¿por qué me colgaste? Quería morir diciendo mis frases preferidas, como en las películas; despedirme, pidiéndote perdón. ¡Oh Dios, qué amargo es irse sola! Ahora comprendo a mi padre...

Lo que debió pasar

Me hiciste salir de casa corriendo tras azotar la puerta. Con tu voz ahogada en mis pensamientos, bajé las escaleras de volada, arriesgando el físico, al tiempo que mis pies recorrían, saltando a cada zancada dos escalones, cuesta abajo, sujetándome intermitentemente con la mano izquierda de los tubos verticales negros que dividen la escalera, pero que viajan desde la planta baja hasta el cuarto piso del edificio. Por ti crucé a paso veloz el estacionamiento del Conjunto Habitacional Buenos Aires hasta alcanzar la portezuela de mi coche. Una vez dentro, conduje el auto entre los patios del estacionamiento, escapándome de la zona de condominios hacia la avenida Revolución, con un nudo en la garganta y pensando en cómo tú, la mujer más bella, tenías esos imprevisibles arranques de locura. Me tocó el rojo en el primer crucero. Esperé impaciente a que la luz del semáforo cambiara. Esos segundos me parecieron horas. Encendí la radio, no sé por qué. Inmediatamente la hice callar. No estaba de humor para escuchar ruido, ni algo que se le pareciera. Me acomodé mejor en el asiento, abrochándome el cinturón de seguridad. Sé que es una práctica segura, sobre todo si consideraba la velocidad a la que iba a conducir. Me urgía llegar. Tu voz se notó enferma, trémula, agónica, sin duda estabas en una crisis muy severa. Llegó un momento en que tus lamentos llegaron casi a ser imperceptibles al teléfono. Ni siquiera tu llanto era nítido cuando decidí aventar la bocina y dar por terminado tu monólogo incomprensible.

Y el maldito rojo del semáforo, estático, parecía estar pegado al sistema de luces de ese estúpido mecanismo. Abrí la ventanilla de mi lado. Hacía un calor endiablado, seguro pasaba de los treinta y ocho centígrados, recién había escuchado en casa. En ocasiones, no acierta uno con este condenado calor, si dejar abierta la ventanilla del auto o de plano encerrarse para evitar que entre el aire caliente a la cabina. Qué lata con el pinche aire acondicionado del carro, no funciona, me tiene harto. En fin, saqué el pañuelo para secarme el sudor de la frente y del cuello, por donde ya escurría abundante mi sudoración. En eso estaba cuando se puso el verde y dejé llevar mi LeBaron amarillo detrás de la fila sobre el carril izquierdo, el que se supone es de alta velocidad. Por desgracia, siempre existe un imbécil pachorrudo por delante, quien indolente maneja su auto a velocidad exasperantemente lenta. Ignoro por qué algunas personas desconocen el carril izquierdo como un carril de velocidad. Para ir más rápido se circula por ahí y punto. ¿Quieres ir más lento? ¡Entonces, carajo, ve por la derecha!

En seguida subí el paso a desnivel de la avenida Chapultepec para llegar raudo a la vía rápida de Constitución, doblando hacia la izquierda contra esquina de lo que fue alguna vez la gigantesca y siempre memorable Fundidora Monterrey, muchísimos años símbolo de los regiomontanos. Iba resuelto a todo, conduciendo mi automóvil sin respeto a los demás y moviéndome con bastante riesgo de un carril a otro, escurriéndome entre el resto de autos que viajaban por la avenida. El velocímetro marcó cien kilómetros por hora por ese boulevard. ¡Qué pinche atrevimiento! El verano estaba de verdad insoportable, con el sol quemante y brilloso para cualquier retina, la hostilidad de sus rayos rendía homenaje, como siempre, a las calles de Monterrey que, como cada año, lo esperan resignadas a pesar de las dolientes exclamaciones. Con apuradas maniobras al volante, entré a una de las calles laterales de la Macro Plaza, pasando al lado del obelisco donde el rayo láser se prolonga cada noche, orgullo de la modernidad del norte del país, circundado por una enorme y verde plaza que en los últimos años ha sido el emblema de la entidad, aunque en estos momentos no estaba yo para contemplar su magnificencia.

Siguiendo con mi actitud beligerante al volante, entré por Padre Mier, logrando encaminarme de frente a la Zona Rosa, mientras mi mente no cesaba de pensar en Rosario. Ojalá tu obsesiva persecución de ti misma no te empuje hasta la muerte. Si bien es cierto que has sufrido demasiado, espero soportes estoicamente los tragos amargos que pasas hoy. La verdad sea dicha, es que gran parte de tus aflicciones han sido provocadas por tu misma inestabilidad emocional, un rasgo crónico de tu infinita inmadurez, muy peculiar en ti. Te has autodestruido, aunque sé que te dolió hasta lo indecible la muerte de tu padre, pero bueno, hay que procurar salir a la superficie nuevamente después del naufragio.

Yo quería un helicóptero y llegar volando, en lugar de manejar este auto para sortear el tráfico. Los latidos del corazón casi los percibía en mis oídos. Mis ojos los sentía tan abiertos que parecían jalados por pinzas, estirados por sus extremos como si fuese japonés. Guiaba mi vehículo sin respeto a ningún señalamiento, dejando rodar las llantas por cualquier espacio prohibido, tomado a la brava, impulsado por el recuerdo de las palabras entrecortadas de Rosario en el teléfono.

"¡Edgar, ya me voy! ¡Sí, me voy! Me estoy yendo. Siento y veo cómo es que mi vida se desparrama, cae impávida hacia la alfombra, escurriendo caliente entre mis dedos. Veo cómo se abrillantan las yemas con el rojo de mi sangre".

¿Qué onda? ¿Qué le pasa a ésta? ¿Qué tiene? "¡Oye Rosario, espera! ¿Qué estás diciendo? ¿Qué vas a hacer?", pregunté atónito para averiguar y enterarme qué trataba de confesarme. "Esta vida la estoy dejando, ya no la quiero vivir. Me ha ganado la carrera y me doy por vencida. Los recuerdos tan vivos que hoy me asaltan y el costo de mi apurada respiración se agota". Hizo una pausa, y yo, de plano, me cansé de oír todas las pendejadas que lloraba. "Ya no distingo los cuadros que están en la pared", agregó. Hasta entonces comprendí lo que Rosario estaba intentando. Fue cuando colgué. Volví a levantar el auricular marcando enseguida el número de la Cruz Roja, dando aviso de lo que yo imaginaba estaba ocurriendo en una de las habitaciones de ese hotel, que también imaginaba cuál era. Debido a las prisas en mi huida había olvidado colgar la bocina. ¡Carajo! Mientras tanto, salí de casa hecho una bala, con el primer impulso de salvarla porque presentía que trataba de suicidarse.

Mientras tanto te imagino… La verdad es que, nunca he podido desprenderme de ti. No he sabido hacerlo. A la minúscula evocación de tus encantos, tu recuerdo rebasa fácil el techo de mi conciencia. Mis paisajes guardados en el tiempo, con regularidad cargan tu aroma. Hace ya bastantes años que te conozco. Haciendo memoria, creo que son más allá de los quince años. ¡Qué mujer! Llena de sueños; dueña y creadora de fantásticas ilusiones. "¡Quiero irme a Europa!", me contabas, "quiero comprarme un Mustang último modelo y si es rojo, mejor. Quiero titularme con honores, hacer un postgrado de Desarrollo Organizacional en el ITAM", presumías ufana y fresca. "Aun no quiero casarme porque detestaría deformar mi vientre plano. Me da gusto apreciar con mis propios ojos la zona púbica de mi cuerpo, sin recurrir al espejo. Hay mujeres que jamás podrán hacerlo porque la prominencia de su vientre se los impide. Por ahora, el matrimonio no tiene cabida en mis metas femeninas. Del mismo modo, odio que los hombres me usen, por el contrario, mientras pueda, yo me valdré de ellos para alcanzar mis objetivos".

—¡Ajá! Entonces me utilizas —le dije en aquella ocasión.

—No cariño, tú sabes que eres mi mejor amigo y los sentimientos que entre tú y yo existen, no son manipulados, son reales —respondió cándida, dejándome un beso en la mejilla cerca de los labios, en uno de tantos encuentros circunstanciales que tuvimos.

El tráfico seguía insoportable, aguerrido, en desleal impostura. Decidí meter mi carro amarillo en el primer estacionamiento, lo más cerca de mi objetivo. Doblando sobre la calle Matamoros encontré a un chiquillo, casi a media banqueta, invitándome con una banderola roja a meter mi coche allí. Una vez acomodado, me cercioré de cerrarlo con seguro. Salí hecho una bala del estacionamiento y emprendí la carrera, pero esta vez a pie firme, esquivando la multitud que parecía iba toda en sentido contrario al mío. Crucé la avenida Juárez llegando a la empedrada Morelos, arbolada, bulliciosa, llena de comercios chicos y regulares, pudiendo ver entonces, al final de la misma, el hotel de donde Rosario seguro me había llamado. Sabía de antemano que ese era el hotel donde ella estaba, probablemente muriendo. Su revelación fue muy clara. Ahí fue donde una vez le declaré abiertamente mis intenciones de formar con ella mi futuro; pero respondió que todavía no era tiempo de amarrar su vida al yugo matrimonial.

No podía ser otro el lugar, lo recuerdo tan bien como el nombre que llevo bautizado por mi madre. El sudor descomponía mi cara, resbalaba entre los ojos y las sienes cegándome, mientras que mis dedos presurosos secaban constantemente las cejas empapadas. Mis piernas no se detenían porque obedecían a una férrea voluntad, una voluntad inquebrantable, sólida como un metal, traducida en lealtad, veneración y adoración hacia Rosario. Por fin llegué a la entrada principal del hotel. Estaba muy agitado, cual fatigado maratonista. De inmediato busqué los elevadores. Traía grabado en la mente lo que Rosario me dijo por teléfono: "Creo recordar las mismas paredes donde una vez me dijiste que yo era la mujer de tus sueños".

Imagino lo que debió pasar.

Era la habitación 325, lo desenterraba de mi memoria con plena seguridad. Al tiempo en que presionaba el botón de los elevadores en la pared del vestíbulo, vi mucha gente en los alrededores. Hablaban de mil cosas; era sonoro el rumor, pero yo estaba en otro mundo, volteando insistentemente al tablero superior de los elevadores. Volví a presionar el botón extendiendo el brazo brillante y mojado. La excitación por el calor y por la carrera emprendida era manifiesta en mi cuerpo. Supuse que la habitación 325 estaba o debía estar en el tercer piso, mientras recibía de modo directo en mis hombros el aire acondicionado del techo iluminado de las instalaciones. En esos segundos transcurridos, miraba hacia todas partes sin identificar a nadie conocido entre la muchedumbre apiñada en la planta baja. Ubiqué ansioso el tablero de los elevadores: uno venía por el octavo y el otro parecía estar durmiendo la siesta en el sexto piso. "¡Maldita sea! ¡Cuánto tardan en moverse!", pronuncié entre dientes, mientras alcanzaba a escuchar la música del bar, que a esa hora no contaba con nutrida asistencia.

La gente se concentraba entre la recepción y la sala de espera. Creo que terminaba un evento, pues los comentarios rodaban en relación con horarios de vuelos de regreso y checaban maletas y registros. En fin, sé que todo ese quehacer es obligado cuando uno está dejando el cuarto de un hotel, aunque pude percatarme que la mayoría representaba a una empresa de pinturas muy reconocida en el país. Levanté la vista otra vez, buscando afanosamente el camino de los ascensores y, para mi mala suerte, todavía estaban en el mismo lugar. No sé cuánto había transcurrido, pero se me hizo una enorme pérdida de tiempo. No lo pensé más; abrí la puerta que conducía a las escaleras y las subí tal y como había bajado las de mi casa, de dos en dos, de modo que cuando alcancé el tercer piso, mi abnegada condición física me obligó a efectuar un descanso de por lo menos veinte segundos para recuperarme del sobre esfuerzo. Poco a poco empecé a caminar nuevamente, sintiendo mi corazón salirse del pecho. La sangre golpeaba mi corazón como bomba hidráulica, bruscamente, con palpitaciones tan poderosas, que por un instante pensé podría sucederme algo. Pero no era el momento para pensar en mí, yo no era importante ahora.

El pasillo que me hallé al llegar al nivel deseado medía más o menos dos metros de ancho, posiblemente un poco menos, con una alfombra roja bien aspirada y dibujos con la apariencia de ser manchas artísticamente negras. Combinaba perfecto con las paredes color crema y las puertas de fina madera pulida. Ignoro cuántas habitaciones existían en el piso, aunque yo veía muchas puertas adelante de mí. De pronto, apareció en una de ellas el 312 y la que seguía decía 313. Apresuré el paso, al tiempo en que veía señalamientos muy diversos en la pared: 322... 323..., un poco más allá 324... *Es la siguiente*, pensé, *325*. Le puse freno a mis pies. Me quedé perplejo y quieto frente a la puerta. Inmóvil como la estatua de Neptuno en la fuente de la Macro Plaza. El aire acondicionado funcionaba perfecto en las instalaciones del hotel. Mi organismo lo digería grato, de modo que el sudor empezó a quedar impregnado sobre mi piel, como cinta asfáltica. Aun así, mi excitación no había desaparecido. Por el contrario, al estar frente a la 325 los nervios se me pusieron de punta y el corazón siguió latiendo como una turbina de avión en pleno vuelo. Mi ronca respiración se convirtió en un jadeo perceptible a lo largo de todo el pasillo, avisaba del obstáculo a encontrar y la evidente agitación me orillaba a repetirme: *¡Tranquilo Edgar, tranquilo!*

Primero, puse mis manos suavemente sobre la superficie de la puerta y acerqué el oído para enterarme de cualquier cosa que se moviera en el interior, pero nada, nada percibí. Entonces toqué una vez y luego otra vez. Insistí tres o cuatro veces más, pero no advertía ninguna reacción del otro lado. Me dio miedo pensar lo que pudiera estar pasando allí dentro. Saqué mi pañuelo y me limpié el pinche sudor que ya me tenía hasta la madre. Había que darle tiempo al tiempo, esperar a que mi respiración tuviera un paréntesis. Quería silencio y mi propio resoplido me estorbaba. Mi pañuelo al fin cumplió su cometido, lo metí en la bolsa trasera de mis vaqueros. Sin sudor en mi cara acerqué la mejilla lo más que pude al ángulo que forman el marco y la puerta, la cual parecía hundirse en la simetría del corredor, comenzando mi voz a horadar el silencio.

"¡Rosario, Rosario! contéstame ¿Estás ahí?", comencé a llamarla con voz suave, a la espera de percibir cualquier señal. Me hinqué en el piso alfombrado para recargarme mejor en la puerta y apoyar mis manos en el marco. "¡Rosario! ¡Rosario! ¡Respóndeme por favor! ¿Estás bien?". Nada oí. Repentinamente llegó hasta mí el ruido de las puertas del elevador, rompiendo la pulcritud de mi concentración, ayudándome a tomar otra decisión al momento. Debía asegurarme que ella estaba registrada en este número de habitación. Forzosamente. Y la recepción del hotel era el único canal para saberlo. Corrí con todo lo que me quedaba y como pude alcancé a detener las puertas del elevador que ya se cerraban. Bajé a la recepción al punto del colapso, con los ojos desorbitados, y muy excitado. A todos les robé su atención.

—¡Señorita! —expresé mientras preguntaba a la primera persona que vi detrás del mostrador—. ¿En qué número de habitación se encuentra Rosario Medina Flores? Disculpe señorita. Creo que me dijo la 325, pero quisiera corroborarlo para evitar una terrible equivocación. ¿Me ayuda?

— Permítame. Déjeme buscar, ahora le digo —respondió muy cordial.

Mientras ella recurría a la computadora, pedí disculpas a dos jóvenes que sin duda molesté por mi llegada intempestiva, agresiva e inesperada. Inclusive, los hice a un lado con mi cuerpo para poder hacer la pregunta a mis anchas. La recepcionista casi enseguida me lo reafirmó.

—Señor —me señaló—, la señorita Medina Flores efectivamente se encuentra en la habitación 325. Si usted quiere llamarle, nada más marque el número por cualquiera de aquellos dos teléfonos —dijo señalándome un par de aparatos que se localizaban esquinados a la derecha del mostrador de la recepción.

—Muchas gracias señorita, muy amable —respondí al instante, proyectándome de inmediato hacia el lado indicado. Levanté uno de los auriculares y marqué apresurado la 325.

¡Línea ocupada! Me daba el tono de ocupado. ¿Por qué no responde? Al instante recordé que tampoco había escuchado nada cuando puse mi oreja sobre el marco de la puerta. No había ruido en el interior. De eso estaba seguro. Me quedé cavilando un momento en ese sitio, con la mirada perdida en una pared hecha ventana, donde se dominaba la calle de Padre Mier. Ahora estaba totalmente seguro de que ella ocupaba esa habitación. Convencido ya que estaba dentro y, además, con el teléfono descolgado, recordé que fui yo quien cortó la comunicación cuando no me daba una respuesta asertiva y clara a mis preguntas. Al final solo percibía su respiración jadeante. Llegué a la conclusión: *Rosario está sola y en serios aprietos.* Y en la imaginaria comenzaron a volar un torrente de desgracias.

Volví a subir las escaleras como un rayo, todo afligido, casi llorando, exasperado. Esta vez sin fijarme en el estatus de los elevadores, llegando al tercer piso con la misma excitación que minutos antes. Corrí hasta el fondo, donde ya sabía que se situaba la habitación 325, y esta vez, sin pensarlo, traté de derribar la puerta con mis hombros. Nada. Giré con todas mis fuerzas la perilla en ambas direcciones, con la intención de romperla. Nada.

"¡Rosario!", grité y grité. Quería tumbar la puerta a patadas. "¡Rosario! Respóndeme por favor; soy yo, Edgar". Seguí así por unos segundos más, sin saber con exactitud qué hacer, hasta que se me ocurrió ir en busca de una recamarera. *Sí*, pensé, *todas ellas tienen una llave maestra que abre todos los cuartos. Buscaré a cualquiera que se encuentre cerca de aquí.* Extendí la mirada a lo largo del pasillo, pero no vi a ninguna mujer con su carrito donde cargan los singulares triques para realizar la limpieza de los cuartos.

Fui a las escaleras nuevamente. Pero en esta ocasión me dirigí presuroso hacia arriba. Abrí la puerta del cuarto nivel bruscamente, con los ojos húmedos. No sabía si era por el llanto o por el mendigo sudor que nuevamente me atacaba. Localicé uno de los carritos a pocos metros de distancia. Entré a buscar a la mucama al cuarto que aseaba en ese momento.

—¡Oiga! —ordené apresurado, con la respiración sin control—. ¿Quiere ser tan amable de abrirme una habitación del tercer piso?

Ella me miró extrañada, en una actitud llena de sorpresa.

—¿Qué? ¿Se le perdió la llave, señor? Porque si es así, puede pedir a la recepción que le faciliten otra. Incluso, estoy segura que le acompañarán para abrir su habitación —dijo la chica con esmerada atención.

—Señorita, le estoy agradecido por el consejo; pero en este momento requiero de su ayuda por la proximidad en que usted se encuentra y porque me urge, ¿comprende? ¡Me urge! —agregué exasperado, con el rostro hundido en la aflicción.

—Está bien señor, vamos —respondió la mucama con cierto desdén, pero al fin había accedido a mi desesperada petición.

Nos encaminamos rumbo a las escaleras, mientras ella metía las manos en su delantal para hurgar en sus bolsillos y sacar la llave que abriera la 325.

Cuando ambos estuvimos frente a la puerta, ella volvió a preguntar:

—Es usted huésped del hotel, ¿verdad?

—¡Oh, sí! No se preocupe, por supuesto —descaradamente mentí—. ¡Ábrame por favor! —dije tratando de aparentar un tono bastante afable y familiar. Aunque me imagino que la mucama sospechó de mi falsa veracidad todo el tiempo. Y cómo no, yo me presentaba ante ella sudoroso, desasosegado, nervioso, con una prisa incuestionable y exaltada al máximo.

Ella introdujo la tarjeta-llave y la puerta cedió rápido. Me interpuse en su camino, empujándola intencionalmente hacia un lado con mi brazo derecho, al tiempo que con la mano izquierda sostuve la perilla de la puerta, la cual fui abriendo poco a poco hasta tener claro el horizonte de la habitación. Con excesivo recelo y temor seguí el viaje de mi anhelo en persecución de lo que mis ojos captaban, hasta quedar de frente a la cama donde Rosario yacía extendida y despatarrada, semidesnuda, con una gran mancha de sangre en su vientre, en su rostro y entre las sábanas. Representaba el vivo retrato de la muerte. Me quedé descalabrado, mudo, sin articular palabra alguna, totalmente petrificado, no sé cuántos segundos. El grito de la recamarera me devolvió a la realidad, me sacó del estupor. Ese alarido fue suficiente para resucitarme del tremendo impacto que tenía ante mis ojos. Volteé hacia la mujer espantada. La sacudí de los hombros para que pudiera ayudarme.

—¡Rápido! ¡Ande! Vaya por alguien, busque a un médico. Muévase. ¡No se quede allí parada! ¡Corra!

Y salió disparada de la increíble escena en la que ahora yo no sabía qué hacer primero y qué hacer después.

Justo en ese instante recordé que había llamado a la Cruz Roja antes de salir de casa. *No deben tardar*, pensé. Mientras tanto yo debía hacer algo. Caminé hacia su cuerpo abatido y pegué mi rostro al suyo manchado de sangre. La intención primaria fue advertir si todavía respiraba. Positivo, asentí. Levanté su brazo sangrante y noté, con toda claridad, que la sangre emanaba de las venas cerca de las palmas de sus manos. Presioné con los dedos sus venas y me ocupé de parar el flujo rojizo. Después se me ocurrió aplicarle un torniquete con una pluma y un pañuelo, el cual saqué de la bolsa de mis vaqueros. Con extrema delicadeza y dulzura, abrí uno de sus parpados. Lógico, los ojos en blanco, pero respiraba. Abrí su boca lo más que pude y jalé su cuello hacia arriba y adelante. Metí los dedos para sacar la lengua doblada y apliqué dos fuertes bocanadas de aire, hasta lograr inflar su vientre. En eso estaba cuando mi afanosa labor se vio interrumpida por dos integrantes de la Cruz Roja, quienes sin pedirme permiso me empujaron fuera del cuerpo de Rosario.

—¡A un lado, déjenos pasar! ¿Usted la conoce? ¿Por qué esta aquí? ¿Sabe cuál es su nombre? ¿Qué fue lo que sucedió?

Querían saber todo, pero yo estaba totalmente apendejado.

—Sí señor —respondí con lágrimas en los ojos. Hasta en ese tris me percaté de que lloraba.

—¡Ayúdenos! —ordenó uno de ellos con imperiosa sapiencia—, hay que levantarla.

Me sentía torpe. Se me dificultaba ver por causa de las lágrimas que brotaban de mis ojos como escuincle regañado. Armaron un torniquete con exagerada habilidad. Obvio, justo eso espera uno de esos jóvenes que se capacitan para tales emergencias.

—Sujétele el torniquete con cuidado, mientras nosotros tratamos de incorporarla.

Obedecía ciegamente.

Los paramédicos lograron asirla perfectamente. La tomaron de los brazos, tratando de hacer que ella caminara por sí misma, pero fue imposible. Así que la colocaron en una camilla plegable, donde su cuerpo maleable y dilatado, además de pesado, se alargó sin queja alguna. Uno de ellos trajo una toalla empapada de agua y se la frotó en el rostro, tratando de que ella absorbiera algo de humedad, mientras otro enrollaba cinta adhesiva a la altura de la herida sangrante del brazo lastimado. Otro paramédico dispuso seguir dándole respiración artificial de boca a boca.

Pocos minutos después, y acelerados en su quehacer, se deslizaron hacia el elevador empujando la camilla. Yo con ellos, para depositarla enseguida en la ambulancia que esperaba con su torreta encendida en las afueras del hotel, con un montón de mirones que se aglomeraron en torno a la salida de la suicida.

No sé cómo, pero nunca me separé de ti, Rosario, ni siquiera un momento, a pesar de que la policía también hizo su obvia aparición. De pronto, sin pensarlo me vi frente a ti en el interior de la ambulancia, siendo testigo de la delicadeza y esmero con la cual eras procurada. Entró fácil la aguja del suero en tu brazo, opuesto al lastimado, supongo que para hidratarte y contrarrestar la sangre que ya habías perdido. Después, uno de ellos, al parecer el jefe de la cuadrilla de salvamento, te daba aire por la boca, colocándote además una bombilla extendida desde una manguera, la cual colgaba de una de las paredes de la camioneta; creo que era un resucitador cardiopulmonar movible. Sabía que te debatías entre la vida y la muerte. Y yo, entre el dolor y la angustia, entre oraciones y súplicas para que te salvaras. Largo fue el camino hasta el hospital y muchas las preguntas de los policías y judiciales, cuando me tuvieron a su alcance.

Sé que has tenido horas felices

Los ojos me lloraron cuando enfrenté nuevamente los rayos del sol, en las afueras de la Benemérita Cruz Roja, mientras abordaba un carro de alquiler que me conducía al sitio exacto donde había quedado mi auto dos días antes. Tenía un fuerte dolor de cabeza, semejante a una cruda espantosa después de haber bebido litros de licor la noche anterior. Mi cuerpo lo sentía como si hubiera corrido un maratón de cuarenta kilómetros en plena canícula. Había memorizado a la perfección los pasillos del nosocomio, a fuerza de tanto recorrerlos de aquí para allá y de allá para acá. Es terrible esperar a un herido dentro de un hospital y más si se desconoce cuál será el veredicto final de los médicos que lo atienden. Toda esta situación me puso la cabeza de cuadritos. Pensé por un momento que no había hecho lo suficiente para mitigar tu dolor en el dolido trance en que te encontré, ensangrentada y maltrecha en esa ridícula habitación. ¡Qué momentos tan angustiosos pasé! De verdad. Ahora, Rosario estaba tendida y atendida en una de tantas camillas que ocupaba el servicio de urgencias desde la tarde aquella en que llegamos. Según las palabras del médico en turno, te encontré justo a tiempo, porque unos minutos más tarde, tal vez segundos, el resultado hubiera sido fatal. Rosario intentó quitarse la vida cortándose las venas; afortunadamente, la navaja mal guiada por tu mano temblorosa no produjo el corte certero en el impulso por suicidarte.

La cuenta del estacionamiento apenas pude pagarla con el dinero que traía en el bolsillo. Cuando salí de casa, todo loco, nunca me detuve a pensar en el dinero. Era obvio que pasados dos días con sus noches completitas, un carro guardado tiene un costo considerable. Pero bueno, mejor estuvo en un local vigilado y no tirado en la calle a expensas de cualquier hijo de vecino.

Puse en marcha el motor del auto y me dirigí a casa para tomar un baño. Quería estar un rato en la ducha, la merecía. Cambiarme de ropa y alimentarme bien. Sólo había probado antojos y comida chatarra en esos dos días y medio de vigilia. El tiempo rodó en el calendario sin sentir, desde la recepción de tu esquizofrénica llamada telefónica hasta verme instalado a la derecha del camastro, en ese hospital, vigilándote, procurándote.

¡Qué noches pasé! De verdadera angustia.

Ahora, era inaplazable conocer cuál había sido la razón de tu acción suicida. Era preciso encontrar el por qué. Justificar esa tarea, antes que resolvieras volver a intentarlo. Me sentía muy cansado, ya no estaba acostumbrado a las desveladas, como hace años que podía pasar en vela noches enteras sin que las ojeras acusaran su grotesca prominencia, recordando viejos tiempos en los cuales trabajé en una fábrica metalúrgica rolando turnos. Cada semana era turno distinto. Primero el matutino, al que entrabas muy temprano y salías pasadito el mediodía. La siguiente semana, el vespertino, de las dos de la tarde hasta las diez de la noche. Y, por último, el nocturno, que eran jornadas tortuosas para aguantar estoico toda la noche. Dificultad al mantenerme despierto desde la hora de entrada, dificultad por vigilar los procesos de trabajo, y lo mismo a la hora de estar checando o inspeccionando que la producción se diera acorde con las normas de calidad establecidas. La tarea no era fácil. Supervisar personas es una responsabilidad nada grata y menos cuando estás chavo y los operarios son adultos mayores que saben cómo burlar cotidianamente las reglas y normas impuestas en el quehacer fabril. La verdad es que me disgustaba recordar lo que alguna vez me vi obligado a vivir. El caso es que hoy, por obvias razones, las ponía en mi mente.

Tenía sueño y mis ojos delataban el rojo de la irritación, en su "cajita visual". Así decía mi mamá cuando amanecíamos con los ojos irritados. No disimulaban su deseo de cerrarse para descansar. Me aferré al volante como si fuese novato en el asunto y encendí la radio para mantenerme despierto. De la guantera saqué un dulce y lo llevé a la boca apuradamente, sin perder el control del vehículo, manejándolo con parsimonia, contrario al apremiante maltrato al que hace unos días lo había sometido. Conduje el auto por la avenida Universidad alcanzando pronto Calzada Madero y desviarme, después, a la izquierda para perderme entre sus seis carriles. Antes crucé por el monumento a la Independencia, donde los autos sortean sus columnas circulando por el arco majestuoso, en donde convergen dos arterias viales importantes, donde también algunos choferes imprudentes se estampan de lleno en la base de sus pilares para hacer añicos sus automóviles. Llegué cansado, extenuado, con ganas de dormir por lo menos cinco o seis horas estirando mis piernas a todo lo largo de la cama, tirarme en ella y dejar que mi ronquera anunciara mi presencia desmayada por las paredes de la recamara, arrullando mi cuerpo al ritmo escandaloso de mi garganta, sabiendo de antemano que la imagen de Rosario flecharía mi escasa claridad mental, para recordarme que debía volver a ella en cuanto estuviera lúcido nuevamente.

No pude evitar dormir más de siete horas. En seguida me coloqué de nuevo debajo de la regadera. Disfruté del chorro de agua durante un buen rato. No cabe duda, un organismo fatigado desploma la voluntad de cualquier humano. Ahora, con un merecido descanso, reanudaba las cosas que había dejado pendientes. Comí lo primero que alcanzó mi mano en el refrigerador y me olvidé de la cocina con los trastes sucios para otro mejor momento, escapando resuelto al lado de mi Rosario, todavía inconsciente. No quería que despertara sin verme allí, al pie de su camilla. Comprendía que ella requería de mucho cariño y consuelo en ese momento tan crítico. Tenía muchas ganas de platicar con ella, de hacerle treinta preguntas. Entender por qué había determinado quitarse la vida. Era un crucigrama sin resolver. Me ahogaba en innumerables cuestionamientos al respecto, todos reflexivos, considerando su imprudencia.

Siempre he pensado lo contrario a mucha gente, quien dice que suicidarse es una acción de cobardes. Yo pienso que no. Para tomar una decisión de tal envergadura se necesita mucho valor, estar plenamente convencido de lo que vas a hacer, sin escuchar al mundo que te rodea. Revestirse de un coraje sin precedentes o, de plano, estar fuera de sí para cometer lo que se ha planeado. Sé que no en todos los casos la razón es la misma. Imagino que muchos lances suicidas tienen otro origen. Es harto difícil ultimar la propia sentencia. Resolverse a dejar de vivir cruzando el umbral del miedo. Saber que en tu mente y en el puño está la ejecución final. Hacer desaparecer las heridas y las llagas, borrar de un tajo los tumores y las úlceras que horadan la piel de tu existencia. Tener el valor de cortar como las tijeras al papel, el pasado, el presente y el futuro. Es verdaderamente una osadía. A la hora de la supresión no hay papel ni mensajes y los pronunciados calificativos pierden su cotización. Sólo existe en la mente un propósito concluyente. Irte.

Sí, yo pienso que quien se quita la vida no solo está dispuesto a cumplir una misión. Está irritado, o irritada, con lo que le ocurre, le tiene rencor a su suerte, a lo que le ha tocado vivir. Ansía equilibrio, quietud, hallar la paz. Piensa que muriendo encontrará el final de sus problemas. Hay miles de personas convertidas en rapiña de otros seres humanos. Son la carnada de hambrientos lobos en esta selva de múltiples mascaradas. *Homo hómini lupus*. Entramos cándidamente en conflictos sin salida. De modo tal que quien decide morir por sí mismo, cuando ha pensado en incontables soluciones, lo que menos le perturba es arrepentirse de lo que hará. Prefiere idealizar su acción suicida y pensar que será bien habida en su inquebrantable intención. Y yo, semejante estúpido, había frustrado de tajo el motivo por el que Rosario quería morir. Le arranqué el boleto de su trayecto a la muerte, de su propia mano, un éxodo insolente, sintiéndome dueño de su vida, como si toda ella me perteneciera. Ahora que lo analizo, cometí sin quererlo la peor pendejada desde que ambos nos conocimos. Tal vez por eso hoy buscaba irremediablemente su reproche, oír su recriminación por impedirle su voluntad final, o quizá ya, repuesta del fallido intento, mejorada de su salud, me vería envuelto en su abrazo agradecido para compensar, mi humana gallardía (sí, ¡cómo no!) de haberle salvado la vida. Ignoraba cuál iba a ser su reacción, pero sea cual fuere, al menos yo estaba seguro de haber tomado la decisión correcta.

El amor lo remunera todo.

Cuando estuve a su costado nuevamente, seguía dormida. Brillaba el sol, los rayos se hacían presentes chismeando al interior de su cubículo, iluminándola gratis para mis ojos. La ventana hizo amistad con mi contemplación. Estuve así un buen rato, detallando sus facciones y a veces besándolas por la cercanía de cada uno de sus rasgos, lo hice con regia minuciosidad. La frente limpia, mediana, sin arrugas, los ojos grandes casi cafés, casi negros, que aunque semi cerrados por la reacción de la docena de medicamentos dejaban translucir sus orbitas fascinantes. Mágicos ojos que cuando miraban a los míos, sin parpadeo, no resistían su influencia. Su tez morena y lisa como las hojas de un árbol en mayo, con todo y sus treinta años encima. Sus labios, en plena concordia en el forzado descanso medicinal, se dejaban delinear perfectamente, invitando a besarlos en un deseo francamente incontrolable. Esos labios que, hasta hoy, no han querido pronunciarme las palabras que siempre he ansiado escuchar, soñando en besarlos apasionadamente todos los días desde que me nombraron por primera vez. Sus brazos, con desnuda femineidad, lucían un bronceado frágil y se extendían junto a su cuerpo alargado en el camastro, cubierto con una sábana de un gastado blanco, algo almidonada, que dejaba entrelucir el triángulo ansiado de su hinchado pubis. Subí la vista siguiendo el rumbo de mi auscultación nada didáctica, siguiendo el viaje antropométrico hasta llegar a su cabellera negra, tan negra como una pintura en cascada adornando sus sienes, pero tan obvia como su naturaleza de cabello enchinado y surcado entre el óvalo de su rostro. Me dieron celos mimarla. Dije mirándola: "Sé que has tenido horas felices, aun sin estar conmigo". "Cómo me encantas mujer", le susurré al oído, con la certeza de su sorda postura. No me escuchaba.

"Eres tan bella que daría cualquier cosa porque fueras mi mujer. Si supieras cuántas veces te he hecho el amor en mi soledad. ¡Puf! Cientos. Desafortunadamente, los años y sus complicados empeños, con sus caprichos y oscuros recovecos, no dejan que mi ilusión se haga realidad. Te amo como las flores aman al sol cuando son bañadas por sus rayos divinos y esplendorosos. Eres mi pasaporte vital con el que cruzo todas mis fronteras". Mientras, besaba sus mejillas cariñosamente sin que ella respondiera en su inconsciencia prolongada. "Eres mi frase preferida cuando evoco un poema. Eres la vasija donde me alimento, el agua que me da vida para subsistir en este permanente desierto humano. Mi palabra sana en este vocabulario pervertido. La silueta dibujada en mis visiones. La rima exacta con sus perfectos decasílabos". Acerqué mi boca a sus labios para alcanzar su contorno carnoso. Observé y toqué las líneas de sus comisuras que se trazaban impecables entre la nariz y su barbilla. Percibí su respiración hospitalariamente controlada; mis ojos casi tocaban los suyos tratando de adivinar su profundidad. "Amor escúchame bien", le murmuré orillándome a su piel, "si te hubieras ido por ese hueco suicida, ya me hubiera ido contigo".

En esta sublime contemplación permanecí fiel, enamorado, todavía un par de horas, hasta que la droga inyectada en su cuerpo perdió su efecto y rompió con mi exploración. El medicamento perdió su capacidad y Rosario despertó aturdida y somnolienta, poniendo sus ojos en todas partes, sin saber en dónde estaba, para llegar a incrustarse entre los míos, que lentamente reconoció.

—Edgar, por Dios, ¿qué estoy haciendo aquí? —expresó aletargada, mirándose a sí misma a todo lo largo, desde sus hombros hasta alcanzar sus pies desnudos—. ¿Qué pasó? ¿Por qué estoy aquí? ¿En dónde estoy? —dijo formulando la clásica pregunta de toda mujer que se siente desarmada.

—¡Calma, calma, mujer, estás bien y a salvo aquí conmigo! —La miré fijamente sin parpadear, colocándole la palma de mi mano detrás de la nuca para que pudiera apoyarse mejor mientras le acomodaba una almohada en el respaldo—. ¿Acaso no recuerdas nada de lo que ha pasado? —agregué del mismo modo, pero con cierta carga de ironía guardada, inculpándola, recriminándola, por todo lo que habíamos pasado juntos desde aquella tarde. Ella moribunda y yo, haciéndome garras, por rescatar su vida, por resucitarla. Ignoro por qué muchas mujeres tienen la infame rutina de minimizar sus disparates y elevar a la máxima expresión los de los hombres. Como si sus innumerables defectos, caprichos y carencias fueran mecánicamente condonados por nosotros, sin afectar o degradar la imagen límpida que conservamos de ellas.

Volví a la carga con el deseo de que desembuchara completamente sus incógnitas:

—Dime Rosario, ¿cuál es la razón por la que decidiste quitarte la vida? —le pregunté sin vacilaciones y mirándola directo al rostro.

—¿Que yo qué? —respondió con una expresión hueca y de insano asombro, con la apariencia de estar en total fuera de lugar, en pleno desorden de sus ideas, con sus ojos aglutinados por la pesadez. No era sencillo desmenuzar el bloque de sus recuerdos. Ella trataba de adivinar dónde estaba. Noté cómo se empeñaba en agudizar sus pensamientos, en ponerlos en orden. Hacía mucho esfuerzo por sobreponerse y recordar qué había pasado. Retomó las miradas, que parecían extraviadas, hacia las paredes y a la cama donde reposaba. La lengua la condenaba al uso de inoportunos gestos bucales, estorbando el buen pronunciamiento de sus palabras. Lo capté por su intención de querer asimilar sus preguntas y de responder pronto al misterio de sus dudas, que recaían encima de su imprevisible despertar.

—¡Por favor dime! ¿Por qué te cortaste tus venas? ¿Recuerdas esos momentos? ¿Recuerdas dónde estuviste por última vez? —insistí terco y necio, buscando verter sus podridos secretos.

Ella empezó a ruborizarse, a sudar por cada poro de su cara; quería ordenar y clasificar los pormenores de lo ocurrido. Vagó por muchos instantes en el filo de sus pensamientos. Era obvio su rastreo. Sus ojos se perdieron en la propia humedad. Fue incuestionable cuando recobró su conciencia. Miró una, dos, tres veces su muñeca herida, vendada aún. Después de un lapso breve, afirmó:

—¡Porque soy la mujer más desdichada que existe sobre la tierra! —respondió así, enfática, toda vez que entraba a la zona de sus conflictos.

— Dime Rosario, ¿a qué viene esa actitud tan compasiva y deprimente de tu parte? Hace sólo un par de meses, eras la mujer más feliz sobre este planeta. Tú misma lo pronunciaste cuando hablamos por teléfono —se lo dije encarando de lleno la situación.

Se acomodó en la cama apoyándose como pudo con sus codos, para defenderse del interrogatorio a que la estaba sometiendo. Ahora yo no tendría compasión de ella hasta que soltara todo lo que traía dentro.

—Si lo dije, fue porque no soy clarividente. No puedo ver el futuro que me espera. Desgraciadamente, hoy el destino, si es que existe, me ha tendido una trampa. Estaba ciega, confiada.

Contaba con la supuesta inmortalidad de mi padre y su protección. Así como del amor de mi pareja. La verdad es que sin ellos me siento estúpida, vulnerable, quebradiza. En aquel entonces, ignoraba lo que iba a ocurrirme. Razón por la que hoy me aflige tanto el aquí y el ahora. Todo mi presente se ha oscurecido y el mañana no existe en mi horizonte. No sé qué hacer hoy y lo peor es que no sé qué haré al otro día. Ni dónde iré a parar.

Lo dijo con una repetida conjugación de verbos, del ser y estar. El llanto la interrumpió de pronto. No quise impedir que lo hiciera. Dejé que llorara apaciguando su impotencia, su ira contenida. La dolencia de sus palabras todavía no me transfería lo que ocurría en su interior, según yo. Tal vez porque muy poco entendía de su enraizado desprecio de sí misma.

—¿Cómo pude ser tan estúpida y no darme cuenta de la realidad teniéndola frente a mis ojos? Es que desconocía tantas cosas. Bien dicen que la ignorancia hace más estúpida a la gente. Agiganta las dudas, incluso mata.

—¡A ver, a ver! La persona que ignora algo no lo conoce o no lo comprende. Sócrates dice que nadie obra mal a sabiendas.

—Pues mira: en mi papel de hija de familia, viví cual espejismos todos los innobles sentimientos de mis padres, buenos o malos, no palpé otra cosa en ellos. Estuve educada y programada para seguir obedeciendo a la tradición paterna, sin tener nunca la capacidad de análisis; claro, con las consecuencias posteriores de esa ciega obediencia. Creces con tus padres, de su brazo y de su apoyo, con su palabra, con su consejo, bajo la tutela de sus conocimientos, pobres o ricos, buenos o malos; te das cuenta de tu dependencia en términos de educación, de delegación familiar y de cómo enfrentar tus nuevos días con la física de ellos. Esta sempiterna formación que hemos recibido desde hace siglos es boleto único de nuestros padres con su forma de querernos extremadamente posesiva, muy suya y tergiversada, ciega y a veces de sorda protección, que astilla nuestro porvenir hasta un punto en que sin ellos no somos nada. Lo terrible de esto es que tienes conciencia de ello cuando la situación es francamente irremediable. Y cuando sales a la calle, sales a una edad tierna, temprana, y enfrentas los primeros embrollos con una serie de incógnitas que, al intentar resolverlas, invalidan tu supuesta seguridad, mamada por tus padres. Tanto así, que hoy me es imposible calcular si lo vivido con ellos se fue a la coladera.

—Y ahora el que no comprende soy yo. ¿De qué estás hablando? —pregunté asombrado y mirándola directamente a los ojos.

—De mi padre, por supuesto, bulto. Quien por su posesivo afán de estructurarme exactamente a su medida, hoy me deja desnuda, en pocas palabras, toda pendeja. A él es a quien señalo, a quien responsabilizo. Por eso estoy pasando las de Caín. ¿Por qué fue así conmigo? ¿Acaso ese es el trabajo de todos los tutores en la vida? ¿Maniatar a sus hijas en tareas domésticas para entregarlas quebradizas a todo hombre en matrimonio, cuya solvencia económica y protección masculina esté garantizada, tan sólo porque es similar a la prodigada por ellos? Como si nosotras fuéramos un pinche paquete al que se estafeta, para hacer que se sientan tranquilos y realizados al término de su supuesta y ardua vigilancia durante toda nuestra adolescencia. Si es así, entonces déjame decirte que nunca como ahora he encontrado a la paternidad en su papel más ridículo y estúpido. Me pregunto si ese acaso es el invaluable trabajo de nuestros padres.

Me miró a los ojos en un momento en que me pareció mucho más lúcida desde que despertó. Plenamente identificada con la realidad que tenía enfrente, ella misma reacomodó su espalda en las almohadas y me miró convencida al final de su monólogo. Así que intervine:

—Estamos acostumbrados, por herencia, a no invadir esa área paternal. Se supone que el cariño de los padres no tiene cálculo, ni medida, ni superficies geométricas. El amor paternal se proporciona sin rendición y punto. Y por favor no los enjuicies. No se vale crucificar a los padres por su tino o desatino, ellos proceden como Dios les da a entender. Ellos han sido colmados de bendiciones en la familia, en la historia y en los libros escolares. No los culpemos de nuestro infortunio, si ese fuera el caso que estás analizando. Cierto, en ocasiones su ingenua directriz a veces deforma lo que ya tiene línea, pero aquí intervienen factores de idiosincrasia, de hábitos muy repetidos, de cultura, de herencia, recogidos desde antaño. Ojalá no seas de aquellas gentes que imprimen, en el ámbito de su futuro, la huella educativa dejada por sus padres, recargando en ellos los éxitos o fracasos que como personas tienen en tu desarrollo. Es decir, si te va mal fue por ellos, y si te va bien, es porque tú eres muy fregona, ¿no?

—¡Es que no sabes lo que pasó, por eso alabas el ayer!

—¿Que no sé lo que pasó? Caramba, si supieras en la que me he metido desde que recibí tu llamada. ¡Si supieras, no hablarías así!

—Me refiero a la educación y ordenanzas de mi padre, burro.

—Pues si no me cuentas, nunca lo sabré Rosario. ¡Anda, dime!

El mar de lágrimas hizo su reaparición en su cara, pero esta vez fue tan estridente que el médico de guardia, quien rondaba por allí, se acercó a ver lo que ocurría. Más bien para verificar que al fin había despertado de su letargo, llegando hasta ella justo a la orilla de su cama.

—A ver Chayito —dijo dulcemente el doctor—, ¿qué le pasa ahora? Pórtese bien, para que podamos tomarle los signos vitales; présteme su manita, por favor.

En eso entró una enfermera, casi de inmediato, como si ambos se hubieran puesto de acuerdo. La de blanco fue hacia la botella del suero que colgaba de un gancho y observó detenidamente el gotero del frasco, controlando la caída de las gotas con el reloj que portaba en la muñeca. Decidí salir un momento para que la atendieran sin mi escrupulosa acechanza, mientras que Rosario, dócil, se dejaba llevar como una muñeca de trapo desmadejada en todas sus partes, permitiendo que la asistencia armara su rompecabezas que estuvo a punto de extinguirse.

Un día después, logré sacarla del hospital de la Cruz Roja, no sin antes agradecerle al cuerpo médico sus atenciones y su cooperación para que mi Chayo saliera del hospital mucho más recuperada. Puse algunos billetes por encima del escritorio de la recepción, ensalcé los cuidados y vigilancia a la que fue sometida mi enfermita, reconociendo que su ayuda fue providencial y en el momento más oportuno, eso sí, sin lugar a dudas. Todo hubiera sido inútil si los paramédicos no llegaban a tiempo. Mi noción sobre los primeros auxilios es bastante precaria y en extremo limitada como para haber atemperado una situación verdaderamente apremiante. Pero igual la saqué de allí. Sin pensarlo demasiado y de inmediato, la trasladé a otro hospital de otra pinta y de distinta fachada. Distinguido, donde sabía que la atención era personalizada, con la idea de que ella estuviera mejor. Con médico de cabecera, cuarto con aire acondicionado, televisión y todas esas características que hacen, de un simple cuarto, una verdadera habitación de *confort* para hacer sentir mejor a la paciente. Sin olvidar, evidentemente, las primeras instrucciones del médico anterior, quien señaló que había pasado su situación más crítica, pero que siguiéramos tomando las precauciones debidas.

Habíamos utilizado una ambulancia para el traslado de un hospital al otro. Por cierto, viajar en una ambulancia produce una sensación nada agradable, aunque esta cruzó rápido el centro de la ciudad, tomando en seguida la avenida Morones Prieto, que circunda a la vera del río Santa Catarina. Este río posee un cauce impresionante cuando se aparece algún huracán perdido en el pronóstico del tiempo y que toma por sorpresa a la ciudad. Muchos años tarda en llegar, pero cuando se le ocurre reaparecer, causa verdaderos estragos poniendo en jaque al gobierno del Estado.

Dilatamos un rato en el trayecto, por el tráfico bien nutrido de sus avenidas. Desde mi ventanilla también admiré la encendida cruz de la Basílica de Guadalupe, imaginándome sus altares muy visitados y repletos de flores. La Virgen de Guadalupe, un genuino acontecimiento religioso y cultural en México.

Pretendí negarme para acompañarla nuevamente y evitar revivir las noches anteriores. Sin embargo, Rosario me rogó hasta lo indecible que fuera con ella en el interior de la ambulancia. No sé por qué, pero me ocurre a menudo, no me puedo negar al pedimento de una dama. ¡Carajo! Pocas veces le niego algo a las mujeres. De macho no tengo nada. He llegado a la conclusión de que, es cuestión de la crianza a la que fui sometido. Mi padre siempre decía en su cotidianidad absurda: primero las mujeres, segundo las mujeres y, en tercer lugar, también. Al último, los hombres. ¡Carambas!

Así que, estando a lado de ella y durante el recorrido, me tomó de las manos repetidas veces y las besó, ejemplificando una delicada actitud de la hija hacia el padre, con los ojos sepultados en la tristeza y con miradas ataviadas de gratitud. Repentinamente subía sus manos y acariciaba mis mejillas suavecito, con el afán de hacerme inclinar hacia ella, buscando besarme en la barbilla áspera de mis casi cumplidos cuarenta años. No sé si bien vividos, nunca me he preguntado qué hubiera sido de mí si otra matriz me hubiera dado la vida. Como dicen, son factores circunstanciales y no vale la pena reparar en ellos, mucho menos cuando se está tan ocupado en llenar la existencia que nos toca por vivir. Por ahora, mi quehacer era Rosario y su salud, lo demás salía sobrando.

No quiero ya saber

Una habitación ancha, bien equipada, con el aire acondicionado en línea, televisión por cable, teléfono en cabecera, atención de primera al instante y con una enfermera en la puerta, eran las nuevas condiciones que se establecían en cuanto a la diferencia de los próximos días que le quedaban por reposar a mi bella morena. Sin pensarlo, me vi envuelto en una especie de capricho infantil en donde buscaba, a toda costa, que estuviera cómoda, confortable, nada excitada, con el fin de que la pasara lo mejor posible y ganarme su amor, por fin, hasta lograr serenarla. No iba a ser fácil, pero lo intentaría.

Después de tomar un baño auxiliada por la enfermera, se sintió de mejor talante para aligerar el rumbo de nuestra conversación. Nos sentamos en un sillón de esos llamados dúplex, que al ocupar ambos el correspondiente asiento, queda uno mirándose de frente. Un sillón de piel oscura pegado a la ventana, cuyo color café combinaba con el camisón largo, medio transparente, que ese día lucía Rosario. Aunque también destacaban unos ojos que naufragaban en la tristeza, con los pómulos hundidos, sin sonrisa en los labios y las manos sin brújula cuando platicaba como figura desorientada. Obedeció a mi instrucción de relajarse un rato invitándola a platicar de cualquier cosa. Aun así, ella se atrevió a ponerle letras a la charla en ciernes.

—¿Qué has hecho últimamente Edgar? —preguntó cándida con ojos arruinados, mirándome al rostro y abrazando una de mis manos. Yo en cambio aproveché para ajustar mi trasero en el sillón de piel, buscando mayor comodidad, abusando del momento de su cercanía para depositarle con sumo cariño un beso en la mejilla fría y amarilla, sintiéndola como un trozo de carne en el congelador.

—Lo de siempre. Morar. Esperando a que te decidas vivir conmigo.

—Es muy difícil vivir, Edgar. Muy difícil, lo sabes.

—¡Así es! La vida no es nada fácil. Los riesgos existen desde el momento mismo en que te incorporas al nuevo día, y como el día comienza cada veinticuatro horas, entonces debes estar preparada para enfrentarlo con ánimos renovados cada mañana. Déjame decirte que estoy pasando por una situación difícil en mi trabajo. Tengo agrios problemas para conservar mi empleo. La compañía ha liquidado mucho personal debido a una política de adelgazamiento en la estructura organizacional de los recursos humanos. Están afanosos en la búsqueda de una novedosa cultura de productividad que impacte directamente en favor de la preferencia del cliente. La competencia externa empuja a diario a la interna, para exigir una mayor aplicación en todos los rincones de la compañía. Ya lo dijo Alvin Toffler en su libro el *Shock del futuro: "Triunfa quien consigue y maneja mejor la información".* La verdad es que hoy me las he visto negras para subsistir en tales condiciones. Quien sabe negociar con base, no sólo en sus conocimientos, sino cobijado del poder de persuasión sobre la materia de su trabajo y del modo en que la domine se hará más sabio a la hora de exponerlo sobre las preferencias de sus clientes. Ese tipo, justamente, las tendrá todas consigo. Ganará de todas, todas. Y respecto a lo que dices, efectivamente, hoy en día la vida no es nada obvia; pero es hermoso saber vivirla. Pocos saben disfrutarla.

—Yo, ya no quiero vivirla —lo mencionó bajo un velo de tristeza.

—¿Por qué, Chayo? ¿Se puede saber?

—¡Porque ya no tengo nada! Estoy sola en el desierto, no diviso a nadie delante de mí. Me pregunto, ahora que atenta te escucho, ¿dónde están esos motivos de los que hablas? Me he quedado sola, sin padre, sin madre, sin familia, sin trabajo, sin dinero y sin el hombre al que yo amaba.

El ducto del aire acondicionado nos dirigía directo su ventilación, justo donde estábamos sentados. Su percepción nos hizo movernos. Así que estiré el brazo y me hice de la colcha, la cual desprendí de la cama a espaldas de nosotros y nos envolvimos con ella para evitarnos un resfriado. Ella aceptó de buena gana el abrazo dentro de la apartada intimidad en que nos encontrábamos.

—¡Qué expresión tan dramática te oigo decir, de verdad! ¿Qué nadie te quiere? Eso es una mentira gigantesca. Sabes bien lo que siento por ti y para muestra, este botón. —Resbalé mi mejilla sobre la suya, apretando su hombro contra el mío amorosamente.

—¡Corazón, yo lo sé! —respondió solidaria. Sujetándome una mano y suavizándola con sus caricias, al tiempo en que me regalaba su mirada enternecedora—. Yo también te quiero, Edgar, pero no como tú pretendes que lo haga. Es más, no anhelo amarte del modo como quieres que te ame. No sabes cómo pienso en ti. Múltiples veces lo hago. Cuando estoy a solas, tú eres mi seguridad, mi confianza; eres el único hombre en la vida al que nunca he escondido un sólo sentimiento. Contigo, mi secreto es excluyente; eres la persona a la que nunca he mentido una vez. A cualquier mujer le gustaría tener un hombre confidente, sin los arrebatos masculinos del clásico macho. Contigo soy íntegra, sincera, completa, transparente, sin escombros en mis palabras cuando te hablan y te buscan. Tú eres mi amigo, mi verdadero amigo, más que mi hermano o pariente. Te amo, Edgar, de verdad. Pero te amo con un amor distinto, no profano, sin lujuria, desinteresado. Tienes un valor especial que resulta imposible encontrar en otro hombre, porque nadie me respeta como tú. Contigo no pienso en sexo, ni fornicar como hembra animal; no lo pienso, nunca me imagino contigo en la cama revolcándome entre las sábanas, ni te veo como el posible macho opresor que me encerrará en la cárcel de sus pertenencias. Ni al hombre que prohibirá mi conducta equivocada si busco la aventura. Tú eres mi confesión y secreto; eres la luz de mi oscuridad insondable; eres el verbo conjugado con el bien, la palabra exacta que guía la semántica de mi femineidad. Eres el punto donde descansa mi oración rencorosa cuando ha dicho vilipendios en contra de la existencia masculina. Porque tú eres el amor que no puedo comprar, ni corromper; eres lo más digno, razón por la cual no te quiero ensuciar con estas manos y este cuerpo, que se han enlodado tratando de encontrar la semilla de la correspondencia mutua, en el eterno acuerdo convenenciero que se mantiene con los hombres. Con el paso de los años, tú me has enseñado a tratarte como una gran persona, realmente como a una gran persona. Siempre buscando con excesivo respeto perfeccionar nuestra amistad. ¿Cómo, entonces, puedes decir que no te amo? Si no te veo como cualquier pelafustán masculino. Una mujer y un hombre pueden tener la capacidad de amarse, de eso estoy segura, sin tocar la almohada del asqueroso deseo carnal, sin penetrar en la vagina para poseerse, sin masturbar el pene para sentirse amada. Tú has inventado una nueva definición de la amistad. Yo creo firmemente en tu amistad y me ciño fiel a tu consejo; contigo soy capaz de andar ciega por las calles si sintiera que viajaras a mi lado, porque eres ley. Creo en tu acento cuando me respondes, cuando me alineas, cuando tonificas mis dolencias. Presumo de un hombre como tú, de una sola intención y voluntad. Y te amo porque tú me amas, la cual, finalmente, es la razón más poderosa que nos une.

—Debería sentirme halagado con esta hermosa descripción de la cual me veo favorecido, incluso me parece excelsa. Aunque ansío de ti mucho más, pero bueno, dejaré las cosas como están. Lo que no entiendo es ¿por qué dices tonterías y vociferas que te has quedado sola?

—Mira Edgar. A ti no te cambio por nada en el mundo, porque eres mi sentido correcto y el juez de mi moral, mi ortodoxa conciencia. Creo que quedó claro con todo lo anterior. Sin embargo, ya te había dicho que mi padre falleció, ¿verdad?

Subí mi pierna derecha al sillón, ladeando mi cuerpo un tanto, y moví a Rosario de tal modo que su espalda se apoyara en mi pecho, quedando su nuca frente a mi barba, favoreciendo la extensión de mis brazos, cubriendo su tórax. Pensé que era una posición dulce y confortable para seguir platicando. Así que mi voz la tenía prácticamente en su cerebro.

—Sí, me lo dijiste. Aunque intuí que ibas a tomarlo con cierta resignación. Nuestros viejos algún día nos dejan, tarde o temprano, y uno debe estar preparado para esperar la hora cero. La paternidad no es eterna; es siempre móvil, cambiante. Uno debe repetirse, en forma constante, "ayer él fue mi padre, ahora, lo seré yo de mis hijos". Es un círculo humano, insalvable, la memoria en este cónclave al que vamos insoslayablemente todos. La fórmula debiera ser la de tratar de conceptualizar al padre como medio para dar la vida, y no como al responsable total y único del futuro de nuestro destino. Claro, existen macabras excepciones. Me refiero a la generalidad de quienes nos cuidaron desde la infancia. De este modo, la curva elíptica seguirá orbitando sobre su propio eje, gravitando en la heredada concepción de la geografía del hombre. Así es la vida; ayer fue tu madre, mañana lo serás tú. Para millones, la paternidad es gloria. Sé que no es sencillo. Tienes que acostumbrarte a la inexorable biología de los mortales y respetar la vida de los que nos antecedieron, para cargar con un mañana sin rencores sembrados en el pasado.

—Como siempre, Edgar, tienes razón. Déjame agregar algo sólido que desconoces en la vida de mi padre. Me siento obligada a narrarlo para no quedarme con la cruda; es necesario que me escuches. Pensándolo bien, él debiera ser el único responsable, perdóname si soy testaruda e insista en esta postura, pero mi padre siempre quiso que yo fuera como él quería verme. Posesivo hasta la madre. Siempre me vio como "su niña". Si, su niña mimada y consentida a pesar de menstruar desde los trece años. Yo hubiese querido ser guiada por él totalmente. Erigida y conformada por su palabra y deseo, como la estatuilla que adorna una sala, como la escultura que se moldea al antojo, sin que él hubiese encontrado mi resistencia. Siempre y cuando mi padre me hubiera advertido conscientemente de la vida de hoy. Él bien pudo marcar la diferencia al tiempo debido. Aunque la realidad fue otra. Para mi padre, todos los años fui una niña aún y cuando ya era toda una mujer de veintitantos. Y cuando, enconada, le dije gritando que ya lo era, me desconoció poniéndome la ley del hielo. Me dejó de hablar. ¡Chingado! Todas las niñas algún día llegamos a ser mujeres adolescentes —escuchaba y veía su censura casi llorando al revivirlo en su mente, marcando con enfática amargura sus aseveraciones—. Siempre me pareció que le disgustó verme hecha una mujer; su cerebro se quedó con la niña, con la *Chayito*. Su idea acerca de mi desarrollo involucionó en ese sentido; nunca me perdonó que lo viera como su hija mayor, como una mujer que le buscó para encontrar el consejo, el alivio, la palabra, la experiencia. Escasos, pero en muy escasos instantes, me regaló una sonrisa franca, abierta, espontánea. En cambio, él deseó que volviera la sonrisa pueril de mis cinco años. Te podría apostar que él hubiera querido parar el tiempo en aquellos días en que sus niños corrían hacia él para abrazarle sus piernas largas y flacas, cuando lo miraban entrar por la puerta después de haber trabajado todo el día. "Papito, papito, ¡qué bueno que llegaste!". Y aligerando aún la memoria, déjame decirte que por lo menos, desde que tengo uso de razón y capacidad para resolver mis contradicciones, no recuerdo alguna acción que me haya aplaudido. No recuerdo que me haya felicitado por tener buena conducta en la escuela o por haberme portado bien en casa, o quizá por obtener una calificación de excelente en el salón de clases. Después de todos estos años que han pasado, permíteme decirte con toda seguridad, que nunca tuve un reconocimiento, apoyo o cariño de su parte. Suena cruel; hasta hoy se lo reprocho a pesar de la gran admiración que sentí por él. Sin embargo, analizando su multifacética vida, mi padre fue un hombre sabio y no necesariamente por cumplir una determinada edad de adulto mayor. Él conocía la estrella de su suerte, atinado para manejar sus asuntos de negocios en los que nadie se metía; solo él tomaba el riesgo debido, razonando e indagando sus asuntos casi con lujo de exploración. Siempre resolviéndolos adecuadamente. Nos demostró, a toda la familia, que tenía la pericia y el juicio exacto para manejarnos y además manipular a mi madre desde el nacimiento de sus ideas o pensamientos, hasta el paso dado. Y aunque en ella sí encontraba férrea oposición, casi siempre supo someterla responsablemente, con argumentos. Quiero reconocer, también, y vaya para él esta comprensiva consideración paternal, que tener un refrigerador invariablemente lleno, hoy en día, es harto difícil. Con la mesa bien servida y los platos rebosados que son un deleite para la panza vacía. Es loable. Porque la vida de hoy es muy cara y ruinosa, lo sé. Estoy segura que años atrás mi padre tuvo problemas gruesos para ganarse la vida y conseguir dinero. El control de la economía doméstica es un tema que nunca ha sido tratado en universidades e institutos especializados; pero representa, y de hecho lo es, una responsabilidad de todos los tiempos, idos y venidos. Si no sabes administrarte eres un cero a la izquierda. Y si en casa no tienes el talento para controlar tus gastos, mucho menos lo tendrás para aplicarlo en el trabajo. Dicen que esas cosas se aprenden en el aula y en el pizarrón. Yo digo que las aprendes en la eterna tarea hogareña de nuestros padres. Y mi tutor en ese tema en específico, siempre cumplió con ese lacerante cometido. Como dicen, *si quieres ser un buen primero, deberás primero, procurar ser un buen segundo.*

—Entiendo —le dije pensando muy bien en lo que iba a salir de mi boca—. Padres solamente una vez y con un estilo de mandato único. El trabajo de ellos se hace a su independencia y libre arbitrio, por tradición, por herencia recogida de nuestra añeja cultura e idiosincrasia.

—Mira Edgar —prosiguió hablando mientras que se desembarazaba de mi abrazo y yo la ayudaba a incorporarse del sillón comenzando a caminar de un lado a otro de la habitación del hospital, con la cobija encima de sus hombros. La intensidad del aire acondicionado la obligaba a realizar un poco de ejercicio—. Después de todo lo que he pasado, hubiera querido tiempo en mi ayer, para saber cómo actuar hoy. Si tuviera el privilegio de volver a nacer y pudiese hundir mis sentimientos en la rancia moral de mi padre, le pediría que me formara sola. Con su consejo senil, sí, pero íntegro. A brazo partido. También, con una sonrisa abierta y reprimenda conjugada para evitar la monotonía. Que me enseñara a quererlo como su hija, no como al proveedor. Verlo desde la tribuna del estadio, donde yo pudiera admirarlo como fanática y aprender de su ejemplo sazonado, guardándome sus mañas consabidas en el intrincado juego de la vida. Que me enseñara cómo torcer las curvas del camino sin quebrarme, obvio, esperando ser más tarde una buena persona siguiendo su ejemplo. Y con el paso de los años, verme convertida bajo el molde de su estructura. En su prolongación sanguínea y religiosa; en su principio y en su final. Quisiera comenzar siendo su hija y terminar siendo su amiga. Que transformara su palabra en acción. Y yo, sintiendo su acento calificado en mi nueva experiencia de ser mujer, llegar a ser tan fuerte y segura como él.

Enjugó sus labios empinándose un vaso con agua que había sobre el brazo de la camilla. Estaba fresca, al beberla su rostro modificó sus gestos y severa regresó a su soliloquio:

—De eso precisamente me quejo. De su falta de apoyo y orientación, de aquel espacio tan suyo que me negó. Del tiempo que debió concederme como su hija mayor para conducirme, educarme y encauzarme. Edgar, estoy segura de que si hubiera sido así, habría aprendido a idolatrar a mi viejo; pero su palabra se quedó en la sala de espera. En un hospital sin rehabilitación. En cambio, sí vigiló con estúpido celo la impaciencia juvenil que me tocó vivir en mi adolescencia. Fue el supervisor de mis tiempos gastados, el policía que checaba el horario y las distancias —de repente me miraba con ojos de sufrimiento, tomaba aire y enseguida proseguía con su monólogo que parecía no tener fin; yo la escuchaba paciente, sin moverme—. Desgraciadamente, mi señor impidió que alzara el vuelo en y con la oportunidad debida. Siempre con ese velo de protección paternal blindado y ridículo, que como tutor se ocupó en exigirme el respeto a un horario riguroso, frenando mis salidas a cualquier parte, prácticamente siendo imposible llevar invitados a casa para compartir con ellos mis ideas, sueños y anécdotas cotidianas. Hasta el punto de percatarme de no poder confiarle nada, ni siquiera de platicarle mis cosas personales, sin que lo transportara al morbo, a la perversa frontera de lo prohibido. Al eterno e infranqueable *deber ser y querer ser.* Al tenerlo en mente, entonces llegué al hermetismo y coloqué una barrera que, con el paso del tiempo, se hizo una muralla impenetrable entre la palabra del adulto y mi terca juventud. Precisamente ahí fue cuando me volví sorda y no quise enterarme que tenía un trabajo arduo por delante, una tarea por cumplir en la vida, y me enconché en una rebeldía idiota, convirtiendo el amor familiar en una lucha entre guerreros de la misma sangre. Incluso su actitud no solo era hacia mi particular intelecto. Mi padre, al observar la conducta retadora de sus hijos, reforzó su papel reaccionario con empecinamiento y nos impuso renovadas instrucciones, amenazándonos con corrernos de casa y al mismo tiempo, exiliándonos de sus opiniones y sus pareceres en la edad del crecimiento. De este modo, nuestro tutor se transformó en un dictador, un tirano, semejante al papel de un gobernante, o a un autocrático director de empresa, además de proseguir con su eterno estilo de ser insustituible proveedor, trayendo billetes en la mano. Y como el dinero es de primerísima importancia para sobrevivir en la familia, tuvimos que someternos a la soberana esclavitud del dictador que provocaba el suministro fiel y devoto de su aportación doméstica.

Nuevamente tomó un descanso. Caminó de una esquina a la otra con la botella de agua en la mano, pero con su bata verde colgándole al lado de sus piernas desnudas. A pesar de su debilidad, que todavía se observaba, era razonable en sus apreciaciones. Es decir, no decía cosas fuera de lugar.

—De cualquier modo, lo sentía mi padre. Y por estas ilustres razones, pretendí creer que él me sacaría eternamente de mis problemas, que los solucionaría fácil y rápido. Que en la vida nunca estaría sola y, cuando algún día ellos me faltaran, como dices, me quedaría acompañada del resto de la familia, de la herencia venosa, del halo del bien, del ejemplo a seguir, del camino andado. Pero cuando a mediana edad la protección paternal hiere, falla, la lógica se tuerce y revira en tu contra. Todo se derrumba, tu inmunidad se desmorona como un edificio alto con la intensidad de un terremoto; tu rumbo se diluye en las manos, la mente se transmuta, se hace añicos; y la tan mentada esperanza se difumina en un horizonte carcomido por la rabia, la impotencia y el coraje. En cuanto a ti, bulto —me dijo señalándome con su índice de la derecha, provocativa—, sobre la insinuación que dejas entrever de mirarte como al padre que no me regaló el destino, estás en un error. Debo admitir, con franqueza, que te miro como una persona madura, congruente, centrada y que difícilmente se sale de sus casillas. Justo ahí se equilibran nuestras polaridades. Bueno pues, eso es precisamente lo que me gusta de ti, que en mucho difieres de mi actitud. Es una razón sustentada en tu ejemplo, que me impulsa a buscarte y recargarme en tu criterio; aunque es cierto, no te miento, en ocasiones me inclino a pensar que hubieras sido el padre que de pequeña soñé.

—Gracias nuevamente por el piropo, Rosario. En pocas palabras, ¿quieres decir que el trabajo de tu padre fue en vano? ¿No le agradeces, por lo menos, la educación que recibiste cuando te sostuvo en la escuela?

—Lo que en realidad quiero explicar es que el trabajo de mi padre no me gustó, ni al principio, ni al final de su camino. *No quiero ya saber* de su proceder. Creo que soy muy libre de subrayar y establecer una crítica razonada, sin querer aplicarle un juicio moral, divino, dogmático. Después de tantos años de vivir juntos, por lo menos quiero calificar el trabajo que hizo conmigo; y la verdad, salió reprobado. Segura estoy que él pensó lo contrario. Dicho esto, te advierto que de ninguna manera significa que lo odie o ya no lo quiera; que quede claro. Simplemente quiero subrayar que pudo hacer de mí una mujer distinta, mejor preparada para enfrentar la vida. Eso sí se lo reclamo. ¿Por qué no?

Se cansó de andar deambulando por el cuarto, se acercó a la cama para volver a meterse en ella cuidadosamente, como si algún hueso fuera de su lugar le estorbara.

—Sí, me queda claro —dije no del todo convencido, aunque admitía sus razones y argumentos—. Sin embargo, me parece una posición unilateral de tu parte. Desde mi punto de vista, el trabajo de los padres es encomiable. Sea cual fuere la forma y el modo en que te conducen por la vida. Obvio, siempre y cuando su propósito sea llevarte por el camino del bien. Aunque tienes razón, yo no viví con él y por lo tanto mi comentario puede ser tomado a la ligera, pues no cuento con las mismas vivencias que vos para ordenar una crítica de contrapeso.

—¡Escucha, corazón! Si tú piensas que por el simple hecho de traernos al mundo, darnos cobija, alimento, casa y vestido es suficiente, estás en un error, completamente equivocado. No, para mí no es suficiente. Es ese el trabajo de un proveedor, precisamente, quien sólo se ocupa de cumplir con una norma legalizada por la sociedad, la cual se hace por tradición. O porque la Biblia lo establece. No sé lo que ocurra en otros países, pero en México, los padres se preocupan tan sólo de traer y mantener, haciendo ese quehacer tarea y dando, como dicen, todo su esfuerzo por llevarlo a casa; así enmascaran el verdadero sentido de la paternidad y se auto nombran padres auténticos, cuando su tarea real y humana dista mucho de ser el que requiere un hijo en casa. Ser padre no tan sólo es darme de tragar y comprar mis trapos, perdón por lo que voy a decir, pero cualquiera lo hace. ¿Tú crees que los padres de Frida Kahlo, de Jackie Kennedy o de Hellen Keller realizaron con sus hijas, el mismo trabajo que todos los demás?

La profundidad de su mirada me hizo añicos. Me quedé como estatua en el desierto. Sentí que Rosario deseaba ser comprendida plenamente en ese momento. Quería tener la razón. Le urgía tener la razón, por lo menos esta vez y las siguientes.

—¡Claro que no! El trabajo paternal debe tener un valor agregado, algo más que el proveer a sus hijas de lo básicamente necesario, ir más allá del consejo cotidiano moral y práctico. Ahí justamente se ubica el contrapunto. Mi padre debió suponer que algún día iba a faltar. Nadie tiene la vida comprada. El compromiso de él debió basarse en lograr que sus vástagos se valieran por sí mismos, generar que su apego amoroso mostrara el camino de nuestra independencia, educarnos para ser autosuficientes, claro, siempre a la sombra de sus lineamientos. A dónde iría a parar sin la fe que requiero para enfrentar las frivolidades mundanas. Sin embargo, con su actitud de no dejarte salir si no llevas acompañante, de no poder tardar más allá de la hora prevista porque no eras capaz de elegir a buenas amistades, se hacía imposible guardar con llave lo que considerabas tus secretos, aunque fuesen banalidades. Con él en casa, no podías narrar cómo había sido tu primer beso. No podías expresar felicidad si es que alguien te había dicho: ¡Te quiero! No podías llorar sin que lo hubieses transportado a la duda, mucho menos relatar tus primeras experiencias en el ámbito de las cosas del amor, sin que apareciese su insensato celo y la perturbada intención, venenosa, de taladrarte en tus adentros. No podías encontrar respaldo de quien, sabías, te iba a dejar caer todo el peso de su supuesta verticalidad. En resumen, *no puedes confiar de quien te enseña a desconfiar.*

Me quedé anonadado, esperando que prosiguiera con sus verdades que me llegaban al corazón pero que hacían conexión directa con el cerebro. Así era como ella había vivido y así calificaba el paso de la niñez a su adolescencia. Y como dijo, con la aparición repentina de enfrentarse al mundo de la mujer, lo cual el papá le había escondido, tal vez con toda la carga escondida de alguien que no mide la estatura de sus hijos sino hasta que los ve partir.

—Tienes razón. Sí, tienes razón. Prefiero silenciar mis comentarios al respecto. Solo te pido que no seas tan dura contigo, ni con tus padres, que a su modo te han educado y conducido hasta donde ahora has llegado. Por cierto, nunca te lo he preguntado. ¿Oriundo de donde fue don Raúl?

—Él nació junto a los nopales de un pueblecito perdido en el desierto, que se llama Juan Aldama, por allá lejos, al lado de una de las desoladas e interminables rectas de las carreteras del Estado de Zacatecas.

—¿También ahí naciste tú?

—Sí, así es. Al igual que dos de mis hermanos, porque el otro par nació en el Distrito Federal, debido a que mi papá decidió escapar de la provincia y convertirse en capitalino, instalando una tlapalería al llegar a la ciudad.

—¿Recuerdas en qué año se vino a la ciudad de México?

—¡Huum! Creo que hace como veinte años, si no me equivoco. Lo que sí tengo en mente es que a la capital llegué a estudiar mi secundaria, mi prepa y, más tarde, mi licenciatura en Psicología. La cual, por cierto, es lo único bueno que he hecho en mi vida. Lo demás ya lo conoces.

—Creo que esa es una de las tantas cosas que debieras agradecerle a él, ¿no crees?

—Sí, seguramente sí. Otra vez tienes razón.

—¿Dónde enterraron a don Raúl?

—En un cementerio que está en las orillas del Distrito Federal. Es un municipio chico, conocido como San Francisco Atemoaya, en Xochimilco. Por cierto, en ese lugar ocurrió una desgracia que debes recordar y, si no, te pondré al tanto. Una mañana, un camión de volteo bien cargado, que transportaba toneladas de tierra y se dirigía a depositarla en una obra en construcción de por el rumbo, bajaba por una pendiente pronunciada; de pronto, el pesado camión se quedó sin frenos. Desgraciadamente, el chofer no supo o no pudo controlar la pesada carga y fue a impactarse hasta una esquina, donde cerca de veinte niños esperaban el transporte escolar. ¡A todos los mató! Este accidente fue muy sonado y difundido en la capital. Pues bien, mi padre fue hasta ese lugarcito a prestar ayuda; asistió a los funerales y desde entonces hizo amistad con los funcionarios del panteón, cuya generosidad se manifestó en apartarle un pedazo para cuando le tocara su turno, como sucedió más adelante. Claro, no sin antes, cumplirles con algunos regalitos y dádivas como pinturas, herramientas y otras cosas que manejaba mi papá en su negocio de ferretería. Ya te he platicado del negocito que tenía para sostenernos a todos.

—Sí, así es. Perdona mi curiosidad mujer, no quiero que la interpretes como morbosidad, pero, ¿cómo te fue en el entierro? Es decir, ¿cómo salieron las cosas el día en que enterraron a tu padre?

—A pesar de todo lo que acabo de relatarte, le lloré mucho. De hecho fui la única persona que se desgarró en llanto, cuando la caja gris entraba al pozo, el cual vi tan profundo como el fondo del mar. Sabía que jamás volvería a verlo y ese sentimiento casi me derrumba dentro del hoyo en ese momento. Fue como si enterraran un tesoro que no iba a recuperar nunca. Increíblemente, tuve una reacción desconocida. Me vi en una situación sumamente borrascosa, al grado de no poder controlar los gritos que salían de mi garganta. Y es que yo esperaba mucho de él y se fue debiéndome la solución al crucigrama de mi vida. Quizá por eso quería, en su último instante, cobrarle todo el silencio con que me arropó. Mientras él vivió, sentí que jamás me iba a pasar nada, carajo, nunca lo imaginé muerto. Pasaban y pasaban los años y él estuvo siempre ahí, en el umbral de la casa, esperando el nuevo día. Claro está que cuando presenciaba su último viaje hacia lo infinito, mi reacción fue sumamente dolorosa. Lo que siento por mi padre es inexplicable. Es un sentimiento de odio por encarcelar mi crecimiento, pero a la vez de agradecimiento por sobreprotegerme. Debo estar loca.

Cuando ella terminó de decir todo lo anterior, me incorporé del sillón acercándome hasta la orilla de la cama. Nos miramos ambos a los ojos y, en forma automática, nos buscamos para encontrarnos en un abrazo de solidaridad y lealtad. Al sentir su cuerpo con el mío no percibía adeudos, porque desde que nos conocimos marqué una señal en mi vida para esperarla, de eso hace casi diez años. Desde esa fecha decidí mantenerme cerca para conquistarla. Es cierto, desde entonces espero su caritativo sí sin barreras. Y sigo esperando.

Tres días después, dejó el hospital bastante apacible, aunque el médico nos dio instrucciones superlativas de regresar a consulta para proseguir con el tratamiento indicado. El psicoanalista fue contundente cuando mencionó que no debíamos dejar lo sucedido simplemente al aire. Todo en la vida tiene un por qué, dijo, y ese tipo de reacciones desconocidas en la personalidad de uno, deben escarbarse hasta llegar al núcleo del incidente. No importa cuán profundo sea.

Pero contrario a estas indicaciones, al salir del hospital ella basó su preocupación en preguntarse dónde iba a vivir ahora y aunque yo le ofrecí ayuda poniendo a disposición mi casa, se empeñó en rechazarla en evidente manifestación de disuadir cualquier compromiso. Mi pertinaz insistencia dio paso a una respuesta inesperada que más tarde me costó mucho trabajo deglutir.

—Edgar, yo quería el cielo y tú me devolviste a la tierra. Yo quería un sueño y tú me devolviste a una realidad gris. Yo quería un horizonte quieto, limpio, eterno, conjurado con las estrellas y tú me diste una palabra viva, cruda, envuelta en un consejo terrenal. Quería las flores divinas con todos sus colores en mi loza y ahora sigues insistiendo en querer encerrarme en la prisión de tus deseos. Por favor, no absorbas mi pertenencia y deja que mis decisiones se alojen en el breve espacio donde se conciben.

—Lo siento. No podía dejarte morir. No puedo decirte otra cosa. Y lo volvería a hacer. Porque mi erario eres tú y yo soy de carne y hueso. Siento y pienso que soy un humilde terrestre y como tal actúo con plena libertad, para defender mis ideales por los que tanto he luchado. Y tú eres el más noble de ellos. Y como tú también existes en esta vida profana, ambiciono satisfacer los tuyos. Porque te amo y todo lo que amo lo considero mío. Lo que hoy en realidad deseo, es despojarte de la tristeza que te agobia y contribuir en lo posible para que seas una mujer nueva. Es irrefutable mi testimonio de honorabilidad y amor, hasta ahora. No lo dudes. Soy mucho más que tu amigo y mis sentimientos cubren ese perfil, más allá de lo imaginablemente contenido en una simple amistad. Por eso y en este particular caso, el fin justifica los medios y hoy no quiero desviar mi determinación de convertir tus días en plena bonanza.

Ella me regaló una mirada tierna. Yo me quedé callado. Ella me tomó de la mano; seguí callado. Ella me besó suavemente en la boca; enmudecí. Las cosas siguieron funcionando. Cada quien en su rollo, defendiendo su identidad. Pasadas unas horas, ella se puso en contacto con una amiga, la cual desde siempre había conservado, y quien vivía sola en un apartamento de la Colonia del Valle, Municipio de Garza García; hasta allí fui a depositarla obedientemente. Como si nada hubiese ocurrido.

Ya lo pasado, pasado.

Lejos de mi cariño

Quisiera no sólo recurrir a tu memoria y a tus sueños para contarte desde por acá, cómo es que caminan las cosas. Donde ahora estoy las cosas tienen otro matiz. Una cara diferente. Ya no tengo chance de contar los momentos ni los minutos. Menos los días y los meses. Ya no me apuro porque el reloj empuja al calendario. He dejado de sufrir bajo el tic-tac inacabable. Lo que pienso ahora son tonterías convertidas en basura. Sí, soy cadáver y qué. Fui vida que tuvo vida entre los que respiran, un desfile constante, encadenado a los rieles de un tren que nunca paró. Desde este lado el tiempo ya no se mira correr. Aquí no hay ayer, tampoco hoy, eso ya no existe. Y desde esta enormidad de espacio contemplo el mundo en que viví. Rarezas del humano que solo se mata. Desapareció el odio y el amor. Se acabó el tiempo. En vida, todo eso me hizo mucho daño. Envidia, duda, rencor, egoísmo y tirria fueron cosas que alguien me prestó mientras vivía. Y sé ahora también, y desde aquí lo admito, que alguien divino me dio la gracia para respirar y crear una familia. Fue una suerte humanizarme.

Rosario dormía plácidamente cobijada por la palabra de su padre que se comunicaba con ella desde el más allá. Desde la profundidad de su sueño. No fue menester invocar a viajes astrales o aplicar técnicas de hipnotismo para que ella naufragara en el pasado de su amado padre, por el que tenía un sentimiento ambivalente. Así que, simple y llanamente le escuchaba desde su adormilada conciencia.

Quiero contarte hija, de esa extraña ocasión en que llegué a casa con mis tequilas encima. Lo reconozco, muy borrachillo. Nunca lo hacía, pero esa tarde fue la única en que me vi en ese estado. Se me pasaron los tragos. Más me gustaba ir a una cantina. Ahí tomaba a gusto, sin miradas acusadoras, sin acechanza. Pero bueno, ya estaba en casa. No había nadie, excepto tú. "Mi niña". Mi Chayo, a la que apapaché toda mi vida. Tuve la dicha de tenerte sola para mí, esa tarde. Sin pensarlo mucho, sin pensar en lo que pasaría te conté un montón de cosas de cuando era chiquillo. Seguro te sorprendí; es que siempre estaba callado. Ocurre que mi padre decía, *en boca cerrada no entran moscas*. Razón por la que me acostumbró a callar y sólo a mentar, exactamente, lo que debía. *Calladito te ves más bonito*, aconsejaba. Se lo creí, sí señor.

Sin tener un plan en mente empecé a confiarte mis secretos, o lo que consideraba que lo eran. Me abrí de capa, como si tu presencia, hija, estuviese convertida en alguna especie de confesionario. Y eso de contarte mi infancia y juventud fue, para mí, algo inusual.

Lo que son los efectos de la borrachera, ¿verdad?

Te conté cómo un día del mes de mayo del histórico 1906, Raúl Medina Hernández, que soy yo, salió gritando del vientre de mi jefecita. Sucedió en un poblado semidesértico y todo polvoso. Según el mapa, se mira que queda por allá del norte del Estado de Zacatecas. Todos lo conocían como Juan Aldama. Para mi mala suerte tuve la desgracia de venir al mundo justo a la llegada de una mendiga revolución, que inicialmente tuvo como objetivo mejorar las condiciones de vida y trabajos de los mexicanos. Bueno, eso era lo que entonces se contaba entre mis llanos del nopal y del maguey. La verdad es que toda esa pelotera revolucionaria terminó siendo otra cosa. Una maldita francachela que cobró muchas vidas inocentes y se llevó de paso a gente inocente.

Juan Aldama era y lo sigo viendo, desde aquí, un poblado árido, seco, pobre y con hartos problemas para el abastecimiento del agua. No tan sólo para beberla, sino para utilizarla en los campos. En la agricultura. Era un pueblo que nació para morir, situado allí, en donde los garambullos hacen su reino y las nopaleras se ponen rechulas, retadoras, alzando las tunas, mirando al astro rey como si nada le debieran. Un pueblo revestido de paisajes bien bonitos pero fijos e inmóviles. De veras desértico a los ojos del lugareño, salvo en ocasiones en que las nubes en plan misericordioso se dejaban venir regando esas tierras sedientas. Allí nací, bajo un sol que nos odiaba. No tenía compasión de quienes lo mirábamos. En el corazón de un pueblo que se negó a morir y opuso una heroica resistencia al azul inclemente del cielo. Quién iba a decirlo: con los años, este pobladito medio atarantado tendría su importancia en los batallares de la revolución, por ser el paso obligado y forzoso hacia el norte, por parte de tropas, de dizque generales que por aquí pasaban.

Mi padre siempre estuvo a la espera de lo que pasaba en la sierra y en el desierto. Todos sabíamos que Juan Aldama estaba allí arrinconado entre las víboras del desierto. Mi padre murió cuando yo cumplía los seis años de edad. Él era un viejo campesino de recogidas costumbres de antaño, que convivió toda su vida junto al huizache y el mezquite. Comiéndose sus tortillas embarradas de chile bien bravo, junto a su plato de frijoles y su jarro de pulque, para refrescarse la lengua. Eso sí, campesino de cepa, que al caminar con sus huaraches por los campos lo convertían en un hombre aguantador y diestro para sembrar sus tierras, sacándole provecho a sus escasos dineritos que por ahí se agenciaba. Un señorón de sombrero de ala ancha y su manta blanca, cual indígena que recorre orgulloso por los caminos de sus ancestros. Dice un viejo refrán mexicano: *todo por servir se acaba,* y mi viejo murió tendido sobre una colchoneta asentada en un tablón, en una casita de adobe. Fueron dos velas a modo de cirios los que alumbraron las caras compungidas de sus mocosos, para luego mirarlo viajar hacia el fondo de esa tierra en donde tanto anduvo. Hombre que amó la campiña, arreando los animales, sembrando frijol y maíz, acarreando el agua en tambos sobre su espalda y la leña sobre sus hombros. Un viejo sabio, un ser humano, que toda su vida fue alumbrado por el sol de este desierto zacatecano.

Cuando diosito llamó a mi padre a su lado, ya había aprendido cosas de la vida, entre el sol y los mezquites. Y una de tantas fue darles de tragar a mis hermanos. Pero luego empezamos a sufrir los estragos del estómago vacío y los retortijones intestinales. Entonces, no me quedó otra más que dedicarme a cargar bultos y sacar agua de los pozos. Hacerle mandados a los hacendados. Pos qué otra…

También a ser testigo, sin querer, de rapiña y saqueo a ranchos de gente pudiente y adinerada. Presencié, en plena acción, bandas fantasmas llevando a hombros banderas con símbolos patrios, y con estas supuestas insignias, asaltaban bien gacho las chozas, haciendas, o al ranchero que presumía de tener una buena situación económica. Con el burdo tapujo de que, con eso, se ayudaban para combatir al enemigo. ¡Patrañas!

Entre tanto, mi madre se dedicaba a labores de servidumbre. Por la casa de aquí y la de allá, lavando y planchando ropa ajena, para poder hacerle frente a tantos problemas que a diario aparecían, sí pues. Pos, cómo no, su sostén y esposo murió de sorpresiva neumonía, dejándola al garete, sin centavos con que vivir. Volviéndose de la noche a la mañana en perseguidora de quehaceres domésticos, valiéndose por sí misma. En una madre con un chorro de responsabilidades. Esta situación se prestó para que mis hermanillos crecieran medio chueco, sin las riendas del papá que les dijera cómo hacer las cosas o cómo ganarse unos centavitos. Ocupada entonces como estaba mi madre, sin tiempo para dedicarnos y controlar nuestras vagancias, cada uno agarró su rumbo.

Así, torpes y desorientados, empezamos a vagar entre las calles y los terregales del pueblo, sin el ojo de mi papá, sin tener la chance de ir a la escuela, porque lo que mi mamá ganaba no alcanzaba para comprar libros y cuadernos de sus escuincles. De manera que la preocupación por la familia rebasaba la vigilancia que debía mantener por sus huercos. Tan sólo pensando en la urgencia de ganarse un dinerito para darnos de tragar.

Pero no sólo nosotros sufrimos la pérdida de mi padre. México estaba en crisis por la alzada de las tropas por todas partes. Lo que provocó una verdadera epidemia en el pueblo. Casi nadie sabía leer. Analfabetas, como yo, reinábamos en el caserío. No sólo en Juan Aldama, también en la mayor parte de la gente que habitaba en los cerros y en la sierra. De modo que, el no saber leer y escribir era un sello de todos. Me imagino que mi madre se preguntó, ¿qué hacer? Toda su vida vivió entre el molcajete y los tepalcates. Acostumbrada a dormir al lado de su viejón y cerca del fogón echando la tortilla al comal y sentada en su petate.

En aquellos años, México vivía una situación parejita en casi todos sus rincones. Una revuelta a todo dar, sin tapujos. Se contaban y se oían unas cosas atroces en el centro del país, echando a perder la historia. Corrió el rumor de que venía ayuda para el campo y eso tenía pendiente a mi madre. Se hablaba del fomento a la instrucción pública; del apoyo al Municipio Libre; de la urgencia de recomponer las buenas relaciones con los Estados Unidos. Me daba risa. Aprendí a decir toda esa cantaleta sin dificultad. Todos la traíamos entre dientes. Nos burlábamos de las pendejadas que llegaban a nuestros oídos.

Hasta nuestro pueblucho llegó la noticia el 15 de abril de 1910 de que Madero había sido postulado para la presidencia. Pocos días después vino la contradicción. Se anunció que se hallaba preso en las cárceles de Monterrey. Y luego de unos meses, se pregonaba que ya era presidente; ya no se sabía qué creer. Todas estas novedades llegaban semanas después de ocurridas, con lujo de detalles, a través de periodiquitos de aquella época. Unos rancheros se aprestaban a ir detrás de los que se auguraba irían con los de la bola y otros campesinos preferían quedarse callados y proteger la vida de su familia por cuestiones de seguridad. Digo, sabedores de que andar por la milpa era harto peligroso. Para mala suerte de nosotros, la geografía de nuestro pueblo se enclava justamente en lo que era el paso de los aguerridos. Sí pues, de los cuatreros; ya sea con destino hacia Torreón o Gómez Palacio. O si querían ir al Estado de Chihuahua; o jalar para Saltillo. ¡Como quiera nos jodían! De modo que, aunque no quisiéramos, estábamos mero en medio de esa mugrosa lucha colectiva. Es decir, como decían en mi pueblo "Juan te llamas" y por ahí pasaban. Sí señor.

Esta ingrata coincidencia generó rete harta confusión entre los que vivíamos en Juan Aldama. Fuimos, y me cuento, arrastrados por distintas versiones ideológicas perdiendo la verdad de las razones y el propósito del bien final, en la batalla que se libraba. De todos era sabido que el General Porfirio Díaz había cometido el error de no haberse retirado a tiempo, a pesar del consejo de sus más fieles allegados. Gracias a ello, los pueblos convertidos en desastre sufrían las ingratas consecuencias de violaciones, asaltos, saqueos, asesinatos, persecuciones de pandillas, que se dedicaban a sembrar el terror por donde pasaban, simulando ser leales a la revolución.

Doña Refugio, mi madre, se hizo de una máquina de coser que adquirió de una forma extraña, pero milagrosa. No le importó que la maquinita fuera robada en el asalto a un rancho de gente rica. En todo se fijó, menos en ese detalle. Había que ganarse la vida de algún modo y dejar los sentimientos bien habidos por otro lado. Yo, junto con tres de mis cuates, aprovechando la bola a la hora de asaltar una hacienda cercana al poblado de Torreón, bajamos de las recamaras principales el tesoro, para llevárselo a mi señora madre, quien con una expresión de *Válgame la virgen santa* la recibió de mil amores, a pesar de ser extremadamente católica, y de haber jurado no robar, como mandan los mandamientos. Claro, había sido un robo descarado; pero, sin lugar a dudas, con un sentido de retribución en tales condiciones de vida.

Mi madrecita empieza aprendiendo, sí, pero echando piezas a perder; ni modo, la carga que sopesa su espalda la revive constantemente; sabe que cuatro hijos dependen completamente de su constante voluntad y del valor con que enfrente la cruda realidad.

Doña Refugio adivinó que vendrían días inciertos en donde se verían muchos retratos de hambre. No se equivocó. Pensaba que encomendándose a la gracia de la Virgen de Guadalupe, la esperanza y la fe, no la dejarían sucumbir en la desgracia. Con la práctica diaria perdió el miedo y a base de valentía y esfuerzo superó el manejo de su maquinita de coser. Se aplicó en los secretos de la confección de prendas de vestir, reaccionando con habilidad ante días difíciles por venir. Se enseñó a pegar botones, hacer ojales, parchar y hacer remiendos. Comenzó a colaborar en el diseño de algunos vestidos. Metió buenas ideas y nuevos estilos a las necesidades de sus clientes a precios amigables, hasta que ello resultó en un negocio rentable. Pronto fue reconocida por el resto de los pobladores. Con una máquina de coser robada al prójimo. ¡Ni modo!

Aunque este caminito resultó de contento, con el paso del tiempo también tuvo sus problemas en la operación, ya que el trabajo de costurera requiere de precisión y su edad ya no era de gran ayuda, los años no pasan de en balde, era torpe y lenta. Pero dicen que la experiencia hace al maestro y por lo mismo su oficio cobró fama entre la gente, a pesar de todo. Claro, no cualquiera presumía de tener una máquina de coser que garantizara trabajos bien hechos; esa fue la respuesta a la diferencia entre quien se dedicaba a coser. Y aunque al rato casi todos se enteraron de cómo llegó la maquinita a su poder; con el tiempo, tal noticia ya no causó revuelo ni una mala idea de la costurera. Meses después, nadie se acordaba de cuál había sido el verdadero origen de su afición por la costura; sin embargo, esa aventura había cambiado de modo total el porvenir de la familia.

El dinero en tiempos de la insurrección era muy escaso, no sólo para ganarlo y obtenerlo, también para gastarlo, dependiendo de la clase y tipo de moneda que se trajera en el bolsillo. Por el año de 1916, los líderes de la pelotera revolucionaria crearon sus monedas particulares con el afán de hacer compras de armamento y abastecerse para sostener a su tropa; pero esos billetes, llegados al bolsillo de los marchantes, no valían un cacahuate. En cambio, quien poseía dinero de curso legal, lo enterraba, temeroso de la situación, ya que ni en los bancos estaba seguro. En aquellos tiempos broncos, muchas fábricas cerraron. Hubo uno que otro comercio que paró sus actividades o cerró sus changarros mientras pasaba todo el relajo. El fantasma del hambre rondaba por cualquier lugar. De manera que me vi en la penosa y urgente necesidad de participar en los lances aventureros, atracos y abordajes del movimiento. No me quedaba de otra.

La descarada impresión del dinero a su libre albedrío provocó que este, al llegar a la barriada y a la gente pobre, causara problemas gordos para el intercambio comercial. Era de suponerse que la mercancía también tenía sus marcadas diferencias y los comerciantes no podían rechazar del todo a la gente que portaba monedas distintas, sabedores de los problemas que esto podría originarles. Por eso es que clasificaban la mercancía para comprarse con una u otra moneda, dependiendo. Es así como mi madre se vio obligada a materializar trueques con la comunidad, precisamente por la dificultad que representaba hacerlo con billetes, que en su mayoría eran de a mentiritas. Mi jefecita hacía trabajitos de costura al abarrotero con la finalidad de intercambiarlos por productos alimenticios; al panadero, para verse compensada con piezas de pan. También gratificaba con la hechura de un vestido a la vecina por haberle hecho un prestamito para la despensa. En fin, ella misma veía cómo, pero salía a buscar la forma de salir adelante con todos nosotros. Sabía muy bien que, desde el día en que mataron al señor Madero, el país iba a estar de la cachetada. Por eso es que debía adaptarse a las circunstancias de la época.

Yo me las agenciaba para andar por aquí y por allá, en un medio rural harto difícil. Mis hermanos y yo nos dábamos cuenta, con frecuencia, de la entrada a todo galope de la caballería, a veces militares y en otras, mugrosos desarrapados. Todos entraban haciendo un verdadero escándalo por la plaza principal del pueblo. Querían meternos miedo y lo lograban. Para entonces muchos ya estábamos enterados de sus fechorías, decenas de asesinatos y ejecuciones así nomás, porque se les pegaba la regalada gana, a las afueras de las haciendas y los ranchos cercanos. Rapidito se nos hizo costumbre palabras como fusil, paredón, general, soldadera, pelón, traidor, gachupín, federal, cañón y dale...

Cruzando los doce comencé a ser más curioso de lo acostumbrado. Me puse a investigar, preguntar, cuestionar, observar cada fregadera que ocurría. Quería conocer todo, con ganas de resolver y dar en el clavo del porqué sucedían tantas cosas alrededor del pueblo. Así que, todo lo que veía lo pensaba. Y todo lo que escuchaba lo razonaba. Y así me fui haciendo más pensador que activista.

Mis hermanos y yo pasábamos los días lo mejor posible, de repente en una ranchería y luego en otra donde nos agarraba la noche. Estaba claro que en un pueblito de apenas mil quinientas gentes, todo lo que soplaba lo olía el de junto. Pos, casi nadie era fuereño. Nos conocíamos el uno con el otro. Luego jugábamos al tiro al blanco. Al forajido y al alguacil. Nuestros juegos de escuincles se reflejaban en el ejemplo y la imitación de los guerrilleros, inventando simulacros y la persecución de bandidos a los que había que matar pensando en la contra. En la mayoría de los casos, ilusionándonos en ser igual al bandido admirado, rodeado y envuelto en sus cananas, con sombrero ancho y haciendo de las suyas por las llanuras, sembrando el terror.

De ahí provengo mi niña, esa fue mi formación y la manera en que crecí. Sin guía, sin orientación, en la nulidad educativa. Sobreviví como pude, a mi modo, arreglándomelas entre la necesidad, mis antojos y el paso de las guerrillas, sin padre y sin escuela.

No tuve educación escolar; de hecho, nunca asistí a un salón de clases. *El silabario*, que fue el primer libro escolar de enseñanza primaria, en donde se mostraban las letras que componen el abecedario en aquel entonces, jamás pasó por mis manos. En parte porque, en aquellos años, la situación era engorrosa, no existían las condiciones para ir regularmente a la escuela. Los niños tenían clases por breves temporadas y luego faltaban otras más largas. En muchas ocasiones, los salones de clase en la escuela se usaban como hospitales o refugios para protegerse de los bandidos. Y en otros ingratos ejemplos éstas eran destruidas por las tropelías propias de la revolución, pues durante las batallas que se libraban se escogían edificios al azar en donde esconderse o defenderse del enemigo. Así que, planteles escolares, hospitales o enfermerías, o templos religiosos, eran presa de los estúpidos bandoleros.

En aquellos años, *el no saber leer y escribir*, alcanzaba proporciones gigantescas. Si una persona cualquiera sabía deletrear, se le veía como a un sabio, dando como resultado la desunión entre las clases bajas y altas. Si sabías leer te decían, "vente conmigo", y si no, hazte para allá. La división también existía por la falta de escuelas, maestros y la extrema pobreza. Por lo mismo, había que vivir buscando *el cómo y el dónde*, de manera primitiva, tal vez desde los sentidos, palpando el hambre entre las tripas. Así que me empleaba junto a compañeros campesinos, en tareas de surcos o canaletas en las tierras para siembra, en la formación de acequias, para que el agua siguiera su curso cuando lloviera. Me ocupé de arrear ganado, de cuidar ovejas, de arrastrar leña hasta las haciendas, sudando a mares por todo el cuerpo, sobre todo cuando me alquilaba a las labores de la pizca en los maizales y en los campos de algodón. Aprendí de memoria los paisajes, crucé las campiñas y las praderas, los panteones y los cultivos, las zonas arboladas y boscosas y los senderos que se dibujaban penosamente entre los matorrales, llevándome de castigo, varias veces, heridas profundas por las filosas biznagas con su carnosa masa de espinas, cruzándome por entero los huaraches. O si no, caía en los garambullos, que la gente llamaba pitahayas, espinándome de verdad.

Mi sombra vagó entre las nopaleras y los magueyes. Soñaba con otro porvenir debajo de los mezquites, mis compañeros inseparables. Por cierto, se siguen dando por decenas en esos páramos desolados, calcinados por el rey sol. De vez en vez alzaba el rostro hacia el cielo en busca de algo que cambiara mi suerte en esos días. Me resistía a la soledad del desierto, al hambre, a mi desgracia, a las privaciones, a la forma cruel de aprender.

Llegó la hora de la verdad. Surgieron las primeras lecciones. ¿Quién soy yo? ¿Qué estoy haciendo aquí? ¿Cómo voy a vivir? Y en esa búsqueda por mis adentros traté de hallar mis propias relaciones con el medio ambiente, al que dominaba con la palma de mi mano, pero que estaba en desacuerdo con la suerte que me había tocado vivir.

Saber leer y escribir entre los del pueblo, la verdad no me apuraba tanto. Aunque a mis quince años ya conocía muchas cosas y casos, lugares y sitios a la redonda que me habían dado cierta experiencia para cubrir mis necesidades básicas. Me sabía al dedillo todo lo relacionado con el campo. Conocía gran parte de lo que cargaba y necesitaba un labriego, su fardo, su herramienta y accesorios para ser diestro en la siembra del algodón y en el manejo del maíz. Conocí los secretos de su almacenamiento y había sudado la gota gorda con el desgrane de la mazorca; que, tibia por el calor, se despedaza entre los dedos cuando se rasgan los granos contra la piedra.

No sé por qué de repente me sentí responsable de muchas cosas. Tal vez la costumbre de atender muchas necesidades. Quizás por los regaños imparables de mi madrecita y sus consejos interminables. Aunque no lo quisiera, me sacaban temprano de las sábanas calientitas de la cama. No olvidaba a mi madre linda, quien, a fuego lento, a las brasas del carbón, me preparaba frijolitos de la olla, servidos en mi cacerola, para que probara el caldo lleno de hierro alimenticio, preparados con amor. Y luego, me los acompañaba con una taza de café humeante, con tortillas palmeadas al calor de las preguntas. ¿Dónde fuiste? ¿Con quién anduviste? ¡Qué pasó? Cómo no envidiar esos instantes. Así salía de casa todas las mañanas, cuando el sol aparecía como amigo de las cactáceas del lugar. Estas añejas costumbres de mi madre, hasta cierto punto hicieron que la recordara siempre, hasta hoy. Reunieron en un solo pensamiento cientos de imágenes que me invitan, aun ahora, a regresar al medio ambiente en que crecí. Con las aventuras de las que gozaba, *ella está ahora lejos de mi cariño*. A pesar de que mi padre no estaba ya en el patio de mi casa. Sin esa orientación necesaria a mi edad, me impuse ante la inquietud de mis hermanos. Más despierto y vivo, aunque flaco y de brazos largos, abdomen liso y cintura breve, enfrenté con valor mi adolescencia.

Sin deberla ni temerla, un día, aparecieron la tifoidea y la viruela. Por esos años arrasaron con la población. Se metieron hasta en las rancherías aledañas a Juan Aldama, razón por la que mi madre nos escondió en casa más de tres meses, sin dejarnos salir ni a la esquina. En mi papel de hermano mayor, me impuse ante la presión de mis hermanitos. En cierta ocasión, a uno de mis tíos le dio hepatitis y doña Refugio se vio obligada a encargarnos por un tiempo prolongado a una vecina, para evitar su maligna propagación entre nosotros. Sabía que la confianza podía culminar en un fatal desenlace para sus hijos queridos.

Mi madrecita, a pesar de no haber pisado nunca una escuela, conocía el oficio pueblerino de las curaciones y pócimas para aliviarnos de calenturas, infecciones estomacales, o chorrillo, el cual, por tragones, la panza nos atormentaba. Cuando ésta se descomponía, nos daba a tragar aceite de ricino con jugo de naranja. ¡Puf! Eso era para apaciguar los retortijones agudos que teníamos encima. Con un tremendo dolor entre los intestinos, soportábamos valientemente el remedio de mi madre, que, oprimiendo nuestra nariz con los dedos, impedía que oliéramos la receta, haciéndonos beber hasta la última gota. Sin embargo, el remedio era más que suficiente para que el estómago sanara. En seguida, nos servía un milagroso té de yerbas un tanto extrañas, combinadas con una poción cremosa que apaciguaba los dolores, tranquilizando así nuestros infames hervores estomacales. Como dicen, "santo remedio". Durante mucho tiempo no volvíamos a padecer de lo mismo.

Insisto, sin mi padre, esto era un desbarajuste. La convivencia entre nosotros comenzó a tener una peculiaridad: la disgregación familiar. Cada uno de los hermanos jaló para lugares diferentes. En lo que a mí respecta, me desaparecía del hogar a cada rato. Primero, por la dedicación a mi trabajo y, luego, por querer vivir la parte que me tocaba. Desde muy chico empecé a sentir angustia por sobresalir. La culpa la tuvo el hambre, y darme cuenta de que era pobre. Estos fueron los ingredientes que me pusieron en acción. Estoy seguro que mis hermanos tuvieron la misma percepción. Sin nuestro papá en medio, jalamos por donde Dios nos dio a entender.

Aunque nunca hubo un odio intrincado entre los hermanos, sí existió cierto divorcio que doña Refugio adivinó desde la misma partida de su marido. Por lo pronto, yo me dediqué a lo mío. Mi hermano menor fue el único faldero que persiguió el destino de mi madre. Se quedó con ella. Los otros dos fueron a parar a la ciudad de Gómez Palacios, trabajando en esto y en lo otro, aquí y allá, donde más tarde encontraron un panorama regular y estable a lado de unos parientes de mi padre.

Cumpliendo dieciséis primaveras, la juventud idiota tocó a mi puerta con aquella curiosidad que todos los huerquillos tenemos en cuanto al porvenir que nos tocará vivir. Ansioso de conocer lo que hay por delante y no queriendo cometer errores, porque ya no contaba con mis padres, me fui por la práctica. Es decir, a paso seguro. Y aunque muchas noches me atacaron las desveladas, pude salir adelante de mi pobreza. Zapatos con agujeros, pantalones rotos, sin calzoncillos y con una camisa que siempre me acompañaba. Aun así, andaba buscando chamba. ¡Pos qué le hacía, no había de otra!

Yo me decía: *Fuerza, fuerza para salir adelante, aquí no te puedes quedar*. Luego iba al templo. Me hincaba ante la Virgen de Guadalupe y de veras le rogaba, de a buenas. También ante la imagen del Santo Niño de Atocha, por milagroso. Pedía ante las imágenes y con toda la fe que me guardaba. De rodillas, al pie de los retablos, con la oración en los labios, como si fuera a pedirles perdón por haber nacido pobre y hambreado. Lo que quería era que me sacaran del atolladero.

Así pasaron los años, entre los llanos y el mugroso desierto. Viviendo los despliegues de la revolución estúpida y gritona. Con un deseo ferviente de saciar el hambre, de beber lo que se me antojara y de dormir bien, como Dios manda. Nomás me acuerdo y se me pone chinita la piel. Hice muchas cosas para no doblarme ante esas penalidades. Muchos, como yo, no las soportaron. Y no cruzaron el puente. No, no era cuestión de suerte, era cuestión de aguante. Y, pos, la verdad, no sé cómo aguanté.

Fui testigo de muchos incidentes y accidentes. Por ejemplo, presencié campesinos desdichados colgados de las ramas de los árboles, ajusticiados como bandoleros, cuando en realidad eran padres de familia en busca del sostén para sus hijos. ¡Qué poca madre, se los quebraban! Esto era como una señal de la triste historia, de hombres que lucharon palmo a palmo por ideales evaporados por otra realidad. Villas y granjas fueron quemadas, saqueadas, sin consideración alguna, simplemente porque tuvieron la desgracia de haberse establecido accidentalmente, en el paso de las tropas de un bando o de otro. Huertas y quintas, que antes fueron una fuente de abundancia, eran desvalijadas y desplumadas rabiosamente por el salvaje tropel. La población civil se vio maltratada e involucrada en los asaltos de los desalmados, que sin un alto en sus barbaridades mataban, violaban, cambiando así en minutos su destino. La estúpida caballería sólo dejaba la huella del quebranto y la imborrable herradura sobre el cuerpo de los inocentes.

También fui testigo del rapto cínico y descarado de niñas y mujeres que habitaban en las fincas. Las alzaban en vilo a sus caballos y a carrera se las llevaban monte arriba para abusar de ellas, pinches inmisericordes. Hombres burdos, sin escuela y sin filosofía moral, con el rencor en los ojos, con ganas de pasar aventuras y correrías sin una razón honesta de ser, tan sólo en la loca idea del placer animal, de pertenecer a una bola de salvajes. Y en este montón de cosas muy parecidas se vieron decenas de violaciones cotidianas, sometiendo a las mujeres, niñas, señoras, viudas, solteras o casadas, chicas y grandes, a bestiales ataques sexuales arrancándoles gritos de dolor. Destruyendo sus sueños y su dignidad. Rompiendo con la hermosa ilusión de entregar su cuerpo al hombre que soñaron, al que una vez desearon tener en una noche de amor. Yo mismo fui testigo, físicamente, de varias violaciones de chiquillas que no cumplían todavía los trece años. Y esos desgraciados huarachudos y andando en la bola todos borrachos, festejaban sus barbaridades. ¡Qué mierda!

No sé cómo los mexicanos estábamos empeñados en una maldita suerte, siguiéndola hasta la mismísima muerte. La moneda estuvo en el aire durante largos años, período en que la gloria y el infierno se reunieron muchas veces, cambiando el libreto de la historia de forma incontrolable.

Sin embargo, todo principio tiene un final y este no necesariamente tiene que ser un final feliz. Me enteré, en uno de tantos panfletos, que don Venustiano Carranza logró, después de innumerables propuestas, pactar un acuerdo nacional para establecer la paz. Pero la misma inercia del activismo revolucionario en la República arrastró, como consecuencia todavía, muchas injusticias en los lugares más apartados del país. Entre este tipo de agravios se hallaba el caciquismo. Una práctica irreductible y añeja en la idiosincrasia de esa sociedad.

Además de lo anterior, también era común enterarse de la falta de oportunidades para vender las cosechas obtenidas durante la última temporada. Los agricultores perdían sus cosechas. Un año entero de trabajo y dedicación al campo echados a la basura porque no había quién les comprara el frijol, el maíz, el algodón y otros productos.

El ganadero rendía las mismas cuentas, escaseaban los pastizales, el agua y el fertilizante, de modo que los animalitos eran mal alimentados y pronto morían. Si el ganadero resultaba bastante astuto para manejar estos problemas, de todas maneras no escapaba de los robos de bandas saqueadoras, para despojarlo de un buen número de cabezas de ganado. De modo que el ganadero debía ingeniárselas para no dejar morir a su ganado y también para evitar que se lo robaran. Estos hechos los sabían desde el barrendero hasta el presidente de la República.

Pronto cumplí los dieciocho años de edad. Preguntando por aquí y por allá, aprendí a leer. En verdad, con serias dificultades. El abecedario y algunas frases básicas fueron mi primer escalón en la penitencia por grabarme lo necesario para comunicarme con los demás. Así fue como conseguí emplearme como ayudante de tendero en un pequeño comercio. Mi trabajo consistía en proveer a la tienda de insumos. Debía ir hasta ciudad de Gómez Palacio, en ocasiones a Torreón, para realizar una serie de compras al mayoreo en un gigantesco almacén de abarrotes.

El suministro de la mercancía requería de la mayor concentración posible. Los caminos estaban atestados de bandoleros. Debía escoger un trecho seguro o desviarme de este, según fuera el caso, para ir por otro más escondido a fin de defender los comestibles. Según estuvieran las cosas por el rumbo, luego prefería esperar uno o dos días para regresar acompañado de algunos vecinos de Juan Aldama, asegurando así la mercancía y el físico.

La tienda donde yo trabajaba estaba en una esquina y, por mera coincidencia, en un punto estratégico del pueblo. Situación que el dueño aprovechó sacándole el jugo para obtener buenas ganancias. En la tienda se vendían comestibles, utensilios para la cocina, para la limpieza de la casa, enseres menores y otras chucherías. El negocio estaba bien puesto, siendo el local mejor surtido del lugar. Se trataba de que el cliente no saliera con las manos vacías. Cómo entonces decíamos: *la costumbre hace al monje.*

Al cabo de una temporada, yo sabía casi todos los secretos del negocito. Don Pancho, que era el dueño del tendajo, me tomó mucho cariño por el amor que yo le tenía a mi labor. Me propuse no faltar, ser honesto, correcto, disciplinadito y, además, me gustaba mucho hacer cuentas. Quién lo dijera. Nunca había puesto un pie en la escuela y sin embargo me encantaban las sumas, multiplicaciones y restas. Aunque para dividir tenía que consultar a un profesor quien fuera del salón de clase me mostraba los secretos de la aritmética. Fue así como me compré mi primer libro llamado *Aritmética de Thornike.* Familiarizado con los números, pronto dominé las compras y las ventas de la mercancía. Me permitió, en corto tiempo, identificarme con el comercio. Es decir, saber dónde invertir para ganar y también encontrar el valor de una pérdida. Cooperaba con mucho entusiasmo y voluntad. Claro que esta disposición sana me valió el aprecio de don Pancho, quien me pagaba un salario un tanto generoso. Con el paso de las semanas y los meses la confianza del patrón fue total. Por supuesto que yo le correspondía con creces. Aun estando enfermo el dueño y ausente de la tienda, mi lealtad se anteponía a cualquier duda.

Los meses se fueron corriendo y la senilidad enfermiza del tendero le empezó a causar dificultades serias y prolongadas, obligándolo a quedarse en casa, esperando a que yo le llevara sus cuentas, que entregaba precisas y claras.

Don Pancho era un hombre viudo y sus hijos habían desaparecido entre las bandas de revolucionarios hacía tiempo. Jamás volvió a saber de ellos. Todos en el pueblo los daban por muertos y el viejo ya se había resignado a su suerte. Experimenté en carne propia el resultado de la crisis agraria. Yo mismo testifiqué decenas de arbitrariedades y despojos de parte de autoridades inventadas por la ley de la fuerza y el plomo. Caciques que aparecieron, de pronto, haciendo de las suyas, para luego desaparecer entre las sombras y colarse hacia otros puntos cardinales con las talegas llenas de dinero y varios asesinatos en su cuenta personal.

A pesar de todo, la vida siguió su marcha; mientras unos morían otros nacían. Muchos luchaban por vivir. La idiosincrasia del mexicano posee una fuerza que lo particulariza de otras; lo levanta de cualquier tropiezo. Su carácter, su temperamento y la forma de deglutir sus conceptos vitales lo transforman muchas veces en un ser invulnerable. Es decir, resiste y asimila golpes sin que estos causen su contundencia definitiva. Se adapta rápido a las nuevas condiciones del campo y del trabajo, al clima y a la labor, aunque estos no sean de su total agrado, siendo portador de una fortaleza espiritual convertida en fe que apelmaza los malos augurios. Una cultura indígena ancestral.

Bien entrados mis años de juventud, las noches tuvieron un color distinto, con los vientos bamboleándose de un lado a otro, jugaban con la copa de los árboles meciéndolos sobre el copete de sus ramas. Entonces, la luna brillaba con mayor intensidad, con un fulgor renovado nunca visto, las estrellas se aparecían formando una nueva estela en el cielo, cruzando por las inmensas figuras que formaban el universo perpetuo. Los días se vestían de un matiz extrañamente amigable, más expresivo y dinámico, la energía sobraba y el tiempo faltaba para terminar las cosas iniciadas.

Nunca fui un robot, sentí el cambio. Fue palpable. En aquel pollito creció la cresta llegando a gallo. Me transformé de mocoso a un joven hecho y derecho. Estaba contento en la chamba. Hacía lo que quería y todavía por eso me pagaban. Animado y bromista por el futuro que me esperaba, no hubo rencores ni resquemores con mi parentela. Y es que la medicina fue haber encontrado en qué ocuparme. Un empleo digno y prometedor. Después de tanto batallar, por fin me dedicaba a hacer algo digno en la vida. Le perdí el miedo al mañana en un tiempo en que la Revolución era una barrera infranqueable.

Tuve una novia, pero no podía besarla en la calle, ni en su casa. Sólo a escondidas. ¡Qué cosa! Buscaba, de vez en cuando, divertirme, ser salero de una bohemia nocturna. Tomarme una cerveza o un tequila en casa de un vecino. Cantar canciones escuchadas en la radio, como "La Adelita", "La Cucaracha", "La Valentina", "Jesusita en Chihuahua" y que sonaran bien con el acordeón, el bajo sexto, la redova y el contrabajo. Se oían canciones bien bonitas, que oyéndolas me transportaban al cielo iluminado y me hacían suspirar hondo y sabroso: "La Trigueña Hermosa" o la canción de "La Chinita", "Paloma Blanca", o la que me gustaba tanto oír: la "Norteña de mis amores". Decía así:

> *"Tiene los ojos tan zarcos,*
> *la norteña de mis amores,*
> *que si miro dentro de ellos*
> *me parecen los destellos*
> *de las piedras de colores.*
> *Cuando me miran contentos,*
> *me parecen jardín de flores.*
> *Y si lloran, me parece que se van a deshacer.*
> *Linda, no llores.*
> *Verdes son, como el monte en la falda,*
> *verdes son, del color de esmeralda.*
> *Sus ojitos me miraron*
> *y esa noche me mató con su mirada.*
> *Yo no sé lo que tienen sus ojos,*

si me ven, con las luces del querer.
Y si lloran me parece que se van a deshacer.
Linda, no llores...".

Las bohemias eran largas y melodiosas, al compás de serenatas entonadas entre mis amigos al lado de una fogata bien encendida. Nos mirábamos a los ojos uno al otro, para encontrar una respuesta al júbilo después de cada canción interpretada. Oyendo las guitarras, rompiendo la oscuridad con las cuerdas chillonas al ritmo de los dedos maestros de quienes las tocaban, los beodos dibujaban las canciones con los labios temblorosos, evocando sentimientos en las sabias letras impresas por el compositor. Dando rienda suelta a la memoria para que prosiguiera curveando entre el arsenal de recuerdos que llovían en la mente alocada por el tequila o el mezcal. Por la alegría desbordante que repentina brotaba cubriendo las penas. Nunca olvidé esas noches. Nunca.

La dedicación, el empeño y el trabajo tienen su fruto. Lo supe muy joven. Tuve mis recompensas. Una de ellas fue el haber puesto mi propia tienda de abarrotes, a la que puse el nombre de *Las quince letras*. Un título original compuesto caprichosamente. Significaba: *Un amor imposible*.

Sí, yo también tenía mi guardadito. Nadie de mi familia se enteró del por qué había nombrado así a mi tienda. Y es que durante un tiempo estuve totalmente enamorado de una mujer casada, a la cual nunca pude llevármela al altar. Simplemente la guardé en mi corazón, como un secreto jamás confesado. Las "quince letras" que fueron un amor imposible, fue una fórmula sentimental que me llevé discretamente a la tumba, un recuerdo bello, de una mujer que me quiso del mismo modo en que yo la quería, pero que era imposible ser el uno para el otro.

Tú, hija, fuiste la única que supo de todas estas andanzas, aquella tarde que llegué tomado a casa. Hablar y hablar, no era lo mío. No estaba en mi estructura. Muchas veces, inclusive, permití que me insultaran por permanecer callado. Abría la boca sólo para externar lo que me hacía falta. Lo demás, dejaba que lo adivinara la gente que se me acercaba. Nunca me importó hacerme escuchar. El silencio y la indiferencia fueron armas filosas que manejaba a la perfección y con ellas, estaba consciente, hería a quien me quería hacer daño. Pero esa noche tuve ganas de contártelo, mi Chayito. Tampoco de ello me arrepentí.

Me escuchaste atenta y sin pestañear. Como si al hacerlo, perdonaras todos mis pecados y defectos. Con tus dos preciosas manitas angelicales, me agarraste de los cachetes, me atrajiste hacia tu boquita de muñeca y me plantaste un beso que, hasta el mismísimo día de la muerte, lo traje conmigo. Este recuerdo me contrajo y me hizo acercarme más a ti, mi niña amada. Hoy he narrado esto sin pena y sin una lágrima, pero si estuviera vivo contándolo ya hubiera soltado el llanto, como si el mismísimo San Pedro abriera las puertas a los vendavales. Para serte honesto, irme a mi pasado me doblaba, me hacía suspirar. Me repetí en decenas de ocasiones *déjame imaginar que no existe el pasado*; porque al punto de dejar la vida, la melancolía me abrumaba, pensando en lo que había dejado.

La muerte no es indigna cuando se ha sabido vivir.

Pero quién sabe vivirla, ¿quién? En mi agonía tenía pánico y recitaba: ¿Por qué estoy triste? ¿De dónde viene esta ansiedad? ¡Si ya me quiero ir!

Poco antes del fin, la misma muerte me dio la sentencia…

Te quiero tanto que me encelo...

Las lunas se siguieron posando sobre las noches tranquilas y calientes en la Sultana del norte. El tiempo vigiló el curso de los acontecimientos que pasaron sin pena ni gloria, pero que formaron nublados en el clima de nuestras expresiones y razones de anteponerse a la verdad de cada uno. En el transcurso de un par de meses, nos vimos con una frecuencia desacostumbrada dejando que el teléfono nos citara en diferentes parajes de Monterrey.

Las hojas de los árboles comenzaron a cambiar de color y de volumen. Las lluvias irrumpieron persistentes en las mañanas; raro, la mitad de septiembre dejaba al descubierto la discordia entre el verano y el otoño, con temperaturas al mediodía más tolerantes, y aunque frisaban los treinta y cuatro centígrados, el sol se hacía menos tortuoso y tierno en la amenaza del atardecer por encima de las nubes, cayendo rendido al níquel de la luna enamorada cuya vehemencia era compadecida en la segunda ciudad industrial más importante de la República Mexicana. El portavoz del estado del tiempo anunciaba ya la entrada de la nueva estación; el equinoccio se asomaba en el calendario astronómico, abriendo el abanico del viento y envolviendo a la cáscara de un sol distinto, veleidoso, que permite a los edificios lucir una tonalidad menos ardorosa.

Gozando una tarde de esas, Rosario y yo nos detuvimos a comer cabrito en un restaurante muy popular, muy reconocido, con marquesinas bastante alumbradas. Ahí, la carne es su especialidad. Entre los amigos y la mesa bien servida, es casi un rito comerla acompañada de sus salsas y aderezos. Los cortes son selectos y regiamente suculentos, propios de la entidad. Para nuestra sorpresa estaba lleno, salvo unas cuantas mesas vacías que aisladas eran difíciles de hallar. En general, el lugar se componía de nutridos comensales y algunos grupos de jóvenes que rompían el silencio del local. Comí como desaforado hasta decir basta; y, aunque ella me pidió ayudarle con su trozo, apenas acabé con mi porción. Salimos con los intestinos hinchados a más no poder, luego anduvimos recorriendo calles sin brújula que nos marcara el norte, haciendo una ensalada viva de cualquier conversación. Entre monumentos, prados, aparadores y vitrinas se nos pasó el tiempo. Caminando por aquí y por allá entre las calles empedradas de la Zona Rosa encontramos un agradable asiento al aire libre en un café en donde la diversidad de pastelillos y dulces, así como las glorias de linares y natillas, hicieron trizas nuestros paladares. De hecho, no era la única ocasión en que hallábamos consuelo allí, pues el ambiente de la zona tiene un entorno mágico que te invita a visitarla, principalmente cuando la tarde deja de ejercer su presión y la noche con su inseparable compañera aparece lúcida en los cielos tenebrosos a lo lejos, encendiendo la oscuridad del firmamento. Fabulosa coexistencia entre la noche y el día, entre el sol y la luna, entre el azul y el negro. Es entonces que las calles y sus banquetas adquieren un matiz muy propio y singular, justo en el momento en que los dos astros gobiernan desde diferentes polos la naturaleza humana. En otras palabras, a pesar del avance prodigioso de sabios, científicos y tecnócratas, de sus invenciones, descubrimientos y revelaciones, el hombre seguirá, por los siglos de los siglos, siendo esclavo de la seducción mágica del universo. Inexpugnable página de la historia cósmica y bíblica, la cual seguirá atestiguando el rumbo terrestre. Bello espectáculo visual que a lo lejos contrasta con las montañas de la sierra madre oriental, en un orgullo rojizo y escarpado por donde escurren, en el día, las gotas divinas del sol y en la noche, las sombras se derraman con su velo lunar colgando onduladas desde sus puntas alzadas.

Repentinamente, mis ojos se desprendieron del escenario nocturno y del poder de Rosario, cuando entre las innumerables mesas me pareció ver un rostro familiar que me sorprendió.

—¡Mira quién está ahí, morena! —le dije, casi en el momento en que el señalado se incorporaba también para venir a saludarnos. De su mesa se levantó y vino hasta nosotros, encontrándonos en un abrazo muy efusivo.

—¡Caramba! ¿Qué haces por estos lugares? ¿Qué ha sido de tu vida? —dijo invitándose cínicamente y jalando una silla contigua para obligar a su esposa, de la que venía acompañado, a efectuar la misma maniobra alrededor de nosotros, que lo recibíamos con una sonrisa fiel, mientras le exigía al mesero que los atendía que desviara su orden a nuestra mesa.

—¡Como ven, soy el mismo! Pero ahora me encuentro acompañado de una bellísima mujer a la que tengo el gusto de presentarles —les dije, haciendo una reverencia e inclinándome para refrendar el respeto a mi compañera—. Ella es Rosario.

—¡Bravo, eso sí es trabajar por México! —dijo Sergio, mirando a su esposa, Ana Bertha, con una sonrisa de par en par—. Así que la estás haciendo de anfitrión.

—Sí, en efecto, lo cual me da mucho gusto —dije confianzudo, al tiempo que volteaba hacia Rosario para refrendar el piropo, pero apretando su mano en señal de reciprocidad—. Y tú, ¿qué te has hecho en estos últimos meses que no te he visto? ¿Qué dice esa buena vida? —Y como si hubiera visto al monstruo de la laguna negra, cambió su gesto sonriente por otro muy angustiado.

—¡Nada!, no he hecho nada, desafortunadamente nada. Estoy sin empleo. Mi mujer es la que me mantiene y sostiene la casa. Ahora sí que yo soy el dueño de sus quincenas. Aquí la cuestión es al revés —comenzó a balbucear, buscando los ojos de su cónyuge para empatar con la aceptación de sus palabras—. Las condiciones de nuestra vida se han dificultado tanto, que es materialmente imposible escapar de la crisis que nos azota. Yo soy uno de esos casos que le ha tocado la suerte de perder casi todo. Si no fuera por mi mujer, estaríamos pidiendo limosna entre las calles de Monterrey —siguió diciendo medio angustiado—, tuve que regresar el coche que compré en diciembre pasado, porque lo hice a través de un contrato a crédito insalvable. Además, tuvimos que sacar a nuestro hijo del instituto donde estaba y meterlo a una escuela pública, donde las colegiaturas son menos agresivas para nuestro bolsillo. La compañía en donde yo trabajaba hizo recorte de personal para poder enfrentar la caída de las ventas. En la empresa todo se vino abajo. Yo encabecé la lista mayoritaria de los despedidos porque el área donde me desempeñaba era de planeación y apoyo a la alta gerencia, de esas a las que llaman áreas de *staff*; por ende, una de las más volátiles. Desde entonces y hace varios meses, he querido colocarme en algún lugar. Para mi desventura, donde quiera que lo intento me dicen lo mismo: "No hay vacantes". Y tú sabes tan bien como yo, que cuando cumples más allá de los treinta y siete años la cultura laboral de nuestro país te tacha de inservible. Pendejismo puro y absurdo de quien impuso ante nuestra sociedad esta regla antagónica y retrógrada. Obvio es pensar que es una lógica consecuencia de esta agobiante situación en México; lo quiero entender de esa manera —se consoló aseverando su misma contradicción—, pero ni modo, son políticas laborales rancias que estrangulan las intenciones de gente desocupada como yo. Es decir, te ves atrapado en una sociedad que es consciente de ponerle barreras a profesionistas que sorpresivamente se ven en la calle, casi pidiendo caridad, tan sólo porque tienes una edad frontera que te aísla del mercado competitivo, según las versiones de quienes se dedican al mercado laboral. ¡Mierdas! Yo me pregunto, dónde dejas a gente como Einstein, Churchill, Juárez, Ford, Borges, el propio Walt Disney en los Estados Unidos y muchos otros, quienes fueron individuos que modificaron y cambiaron el rumbo de las cosas a una edad completamente madura. Churchill dirigía una guerra a los setenta y cinco años de edad. Lo que quiero decirte, enfáticamente, es que es un crimen y una verdadera falacia deshacerse de un hombre de cincuenta años como si fuese un encendedor sin gas, o una pluma que ya no tiene tinta. ¡Carajo, en qué mundo vivimos! —Le dio un buen trago a su bebida y agregó—: Así están las cosas hermano, ¡del carajo!

     —Comprendo —le dije—, y es que México siempre ha sufrido de subidas y de bajadas. Este año nos va bien y en el próximo, resígnate, porque aparecen fenómenos tan conocidos como el que hay fuga de capitales, o se devalúa la moneda, o la inflación se va a la Siberia. O sucede algo por el estilo. Si no es que el dólar sube hasta la estratósfera. Y entonces traer tu tarjeta de crédito se convierte en una trampa por los intereses tan elevados.

Mientras esta ardida conversación se daba entre nosotros, el mesero cumplía con su parte al traernos el segundo platillo y algunas cervezas bien heladas y escurridas, que puso sobre la mesa.

—Lo peor de todo —interrumpió él con cierto encono—, es que cada seis años es lo mismo. Debiéramos estar preparados, pero siempre nos agarran con la olla hirviendo entre las manos. Es imposible sostener un plan de vida y carrera a cualquier plazo, porque la reiterada sorpresa nos mueve el tapete y nos rompe la madre, con sus nuevos abismos sexenales. No sé qué hacer amigo. Estoy al borde de la desesperación; créeme que debo mucho dinero, el cual, además sé, no podré pagar por lo menos en dos años adelante, porque mis sueños de ser y tener se desvanecieron como el azúcar en el café.

—Yo espero —rápido contesté tratando de reanimarlo, pero también poniendo lo mejor de mí—, que pronto encuentres empleo y el modo de resarcir tus pérdidas, las cuales te tienen así, ante el paredón. Ponle talento y voluntad al asunto. Levántate cada mañana pensando que ese día si habrá un nuevo sol. Blinda tus diálogos contra la negación; conviértelos, hazlos convincentes para combatir las barreras del rechazo que gravan las solicitudes de empleo. Piensa que en breve ocuparás un puesto que te incorpore al mundo, que pronto se abrirá una puerta. ¡Que vale la pena reinventarte! Perdona esto que digo amigo, pero soy la antípoda de muchos mexicanos, porque yo sí creo en mi país. México, a costa de todo, saldrá adelante, ya verás. Nuestra historia no está hecha en un año, ni en dos; ni tampoco formada por un puñado de ladrones corruptos y reaccionarios, hijos de la chingada. Confío en que sigamos siendo más los buenos que los malos; una nación de gente provechosa y osada, con valentía, de recta trayectoria y testimonios honorables, que ha venido sobreponiéndose a severas adversidades desde que nos conquistó ese gachupín salteador de Hernán Cortés. Busca con los amigos, con los parientes, toca puertas, anúnciate en el periódico y verás que te ira mejor; yo sé.

Mis arengas le sonaron huecas, casi seguro, pero sinceramente la verdad es que le deseé suerte. Logré que levantara la mirada y me viera más lúcido; seguí hablando, más que con verdad, con entusiasmo.

Cambiamos de tema y empezamos con otra charla banal en la que hubo recuerdos y anécdotas que cambiaron el rumbo de la severidad. Inclusive nos recomendó que visitáramos el nuevo museo de historia que se enclava en el centro de la ciudad a lado de la Macro Plaza, el cual, dijo, "es una joya histórica de nuestros tiempos, tanto en su geometría arquitectónica exterior, como en sus bellos interiores. Se exhiben cuadros y pinturas esplendorosas, marcos y esculturas interesantes y es tan elegante como los mejores. ¡Vayan!, será muy ilustrativo para ambos".

Mientras tanto, nosotros no perdimos la costumbre. Los domingos escogíamos, con cierto lujo, el lugar que preferíamos ir a visitar, subiéndonos al auto desde temprano y llegando a casa hasta el anochecer, sin que nos percatáramos de la hora. Precisamente un día de esos, decidimos subir por un costado al Cerro de la Silla. Una montaña que representa el símbolo de la ciudad y la cual se yergue orgullosa en el horizonte desde todos los ángulos en que sea contemplada por sus habitantes. La Silla, con toda su grandeza, se levanta justo donde nace una dorsal montañosa de más de cincuenta kilómetros que se extiende hasta otro poblado conocido como Monte Morelos. Muy de mañana comenzamos el ascenso con entusiasmo y con un par de naranjas en las manos; pero al cabo de escalar su pendiente durante una hora y media, las piernas perdieron su ágil motivo por falta de una buena condición física, irrebatible resultado cuando se lleva una vida sedentaria que acompañas con cigarro, café y desvelos. Tuvimos que hacer más de un alto en el trayecto a la escarpada, caminando a través de un suelo pedregoso y duro, clásico en el norte del país, de suelo árido y yerba escasa, para tomar suficiente aire y descansar. Desde su imponente altura se domina una inmensa mayoría de la ciudad. Se contemplan diminutos los edificios, los monumentos, las calles y los cientos de anuncios que proliferan contaminando la visión de los choferes y transeúntes. Sin duda que sí, la contaminación visual te enajena; es enorme la cantidad de mensajes que quieren hacerte llegar hasta el cerebro por medio del poder de los ojos. Se aprecia tan breve el contorno cuando se domina con los sentidos todo el panorama que nos toca vivir. Desde arriba el mundo se ve tan chico e insignificante que parece alcanzarse con estirar la mano para tenerlo atrapado entre los dedos; pero estando inmerso en él, no encuentras la forma de escapar de esa emboscada, como el ratón entrampado en un laberinto, que para hallar la salida deja su vida en el intento.

—¿Sabes Chayo? Siempre me ha dado la impresión de que el Cerro de la Silla es envidiado por el cielo. El cerro busca las nubes, las traspasa. Se levanta con sus dos puntas como queriendo rascarle el azul al cosmos infinito. —Ella sonreía escuchando mi acostumbrado monólogo—. Fíjate, cuando vienes en el avión rumbo a la Región del Monte, lo primero que busca tu mirada son las puntas que se asoman por encima de los bancos nubosos. Si vienes por carretera, ocurre lo mismo. Te orientas viendo La Silla, que se impone hasta el cielo, entonces la ves de todas partes y adquiere su propia grandeza, porque la gente no se guía por el cielo: se fija en la magnificencia del cerro para encontrar su camino. De hecho, antes que existiera esta hermosa ciudad, a toda esta área se le reconocía como La Región del Monte, que va más allá de un mero gentilicio, ya que es el territorio de los regiomontanos. ¿Sabes otra cosa Rosario? He llegado a pensar que la vida es como un vehículo que viaja siempre en carretera, algo parecido. Déjame te lo explico despacio. —Mientras ella me miraba muy atenta sentada sobre una roca—. Figúrate que tú estás representada por un carro que viaja a cierta velocidad constante. Si vas despacio, todos te rebasan y otro llega primero que tú. Si manejas con exceso de velocidad, le generas accidentes a terceros, tal vez a ti misma y ya no llegaste. Si rebasas sin precaución y torpeza, corres el peligro de perder la vida; y si te duermes en el camino, en una línea recta, ya no llegas a tu destino. Es decir, la vida es una eterna contienda, inacabada competencia, en la que estarás corriendo al ritmo que te imponga el devenir de las cosas, perdiendo y ganando, atrás y adelante, según el freno que apliques o el aceleramiento que quieras darle al compás del reloj de tu existencia. En ocasiones pisarás el acelerador con ganas de llegar rápido a la meta, pensando en alcanzar progresivamente lo que te hayas planteado. También encontrarás obstáculos de todo tipo, los cuales deberás sortear. En el camino lloverá y te sorprenderá la tormenta; tal vez estarás inmerso en el desierto inhóspito con sus arenas vaporosas, o tu camino se verá encendido de luces engañosas que cieguen tu visión y pierdas el sentido de la dirección. El carro necesitará entrar al taller y revisarle su estado motorizado y revolucionado por las distancias recorridas. En otras palabras, tu salud en importantes ocasiones se verá quebrantada y hospitalizarás tus dolencias. Seguirás las instrucciones de un especialista, quien te dirá cuáles serán los remedios para seguir la aventura de tus años y así irás y vendrás, por los caminos que quieras escoger y elegir, para estar bien contigo misma y para salvaguardar la vida de quien te acompañe durante el trayecto. En la vida, como en los caminos, se debe ver hacia el frente, porque si volteas para ver quién viene atrás, seguro tropiezas.

Rosario me miró después de escuchar toda mi retahíla. En una brusca interpretación de los caminos de la vida y mirándome a los ojos directamente dijo:

—Cada vez que te escucho, Edgar, parece que estoy con mi maestro de Civismo o de Filosofía. Me encanta la forma como desenrollas el contenido de los días y las noches, de las cosas y de las causas. Me gusta establecer contacto con tus ideas y entrar a tu mundo, maduro y sensato. Se oyen bien, aunque a veces sientas que eres coche —dijo sonriendo—. Me estimulas a seguir, es cierto.

Alzó la frente y miró hacia el infinito.

—Es hermoso el paisaje desde aquí; pero no podría ser tan bello sin tu palabra acompañada de esa admiración que tienes por cada cosa que le atribuyes a la naturaleza.

Cuando concluyó su comentario, sentí que surcaban en el aire las vibraciones propias que posee una pareja enamorada a punto de hacerse el amor, porque su mirada se quedó en mi frente como una postal llena de colores. Dado el momento, creí conveniente arremeter contra su delicada sensibilidad, con algunas preguntas que, según yo, habían quedado en el aire, esta vez tratando de hallar algo más en su cavidad sentimental.

—¿Qué hay de Eduardo, tu novio?

En cuanto pronuncié su nombre y terminé la pregunta, de inmediato su gesto se distorsionó, apareciendo la humedad en sus ojos de modo descarado e inevitable. Aun así, y percatándome de su esfuerzo por no sucumbir a la tristeza, rematé volviendo a la carga.

—No hagas pucheros y dime, ¿qué hay con él?

—¡Maldita sea la hora en que tuve que ir a buscarlo!

—¿Qué dices Rosario? ¿Cómo que tuviste que ir a buscarlo?

Ella hizo una pausa bastante prolongada; tragó saliva. Se incorporó de esa roca en que ya habíamos estado largo tiempo y ayudándose con ambas manos, mudó su trasero para recargarse en otra piedra igual de voluminosa a la anterior, pero adoptando otra postura y respondiéndome consternada.

—Mi padre tenía apenas una semana de fallecido cuando fui a buscarlo a su casa —empezó diciéndome con la mirada gacha—. Por cierto, fue la primera vez que me atreví a presentarme allí. Nunca tuve la insensatez, en los tres años que duró nuestra relación sentimental, de insistirle en llevarme a conocer su domicilio, porque siempre pensé que me estaba negado; era una condición muda pero sabida de nuestra relación. La discreción entre ambos era un pacto sin palabras que se selló desde el primer beso compartido. Cuántas veces pretendí hacerlo y me detuve para no provocar una situación embarazosa; simplemente acepté con madurez nuestra clandestina relación, con esa fiel credibilidad que tiene una persona amada en la otra. Aunque, te confieso, por esos días estaba yo sumamente angustiada y necesitaba verle para reconfortar mi espíritu despedazado. Además, por qué no decirlo, quería ser escuchada, explicarle lo que me había sucedido; quería su consejo, su opinión y su consuelo, caramba, ¿por qué no? y lo escogí a él de modo deliberado, así de simple.

—¡Tú sabías que él era casado y con hijos! Aceptar una relación sentimental de esa índole, sin querer causarse daño en ambos, es vivir en el filo de la navaja. Sin poder tomar más allá de lo que te corresponde, que es casi nada. ¿Sí o no?

—Claro, es obvio. Sin embargo, ese día fui a buscarlo con la firme esperanza de hallar un bálsamo, una medicina para calmar mis nervios; al fin y al cabo, estaba habituada a recibirlos de él. Pero las cosas no siempre salen como uno las piensa; existen detalles que no planeaste, que no consideraste desde un principio. Se supone que en una relación sentimental que tiene más de treinta y seis meses de curso, se pueden dar por sentados aspectos que el amor mismo ofrece en una pareja. Y piensas que dicha antigüedad tendrá la fuerza suficiente para solucionar, en forma casi automática, cualquier conflicto. Es decir, la aparición de esos oscuros y repentinos detalles negativos te parecen ordinarios, sin advertir lo que venga adelante, por la obvia confianza que subsiste en un nexo amoroso donde el amor ha pintado de colores muchos secretos compartidos. No obstante, al enfrentarlos, surgen de improviso resultados desastrosos, como fue en este caso.

—¡Por favor, sé honesta! ¿Cuál era el objetivo de conocer cómo vivía?

—¡No me jodas! Ya te lo dije. Lo amaba y deseaba oír sus palabras. Además, ¿por qué no decirlo?, tenía esa comezón de morbosidad por conocer personalmente el aspecto de su esposa. Saber cómo era. Sé que estaba mal, pero la curiosidad mata al ratón. Esa tarde salí prácticamente aniquilada de ese lugar. Bien dicen que la palabra es también un puñal.

—¡Qué amor tan pendejo! ¿Y por qué no le hablaste por teléfono? Hubiera sido más sencillo. Te hubieras ahorrado muchos apuros.

—Él me contó que estaría un par de semanas de viaje. No sé a dónde carajos me inventó que lo mandaban de comisión, el caso es que yo recordaba que por esos días Eduardo ya estaría en casa. Así que fui a buscarlo desesperada. Como estaban las cosas en mi vida, necesitaba de alguien con quien hablar. Desahogarme.

—¿Y qué paso al llegar? —la interrogué con ansiedad.

—Cuando toqué a su puerta me abrió su mujer, quien cargaba un chiquillo con toda la cara de Eduardo. Hubiera querido que él abriera la puerta, pero era mucho pedir. Para colmo de males, desde el interior donde él estaba y teniendo la seguridad de escuchar mi voz en el umbral de su casa, llegó hasta ella para acompañarla y hacerse solidario junto a su presencia. Fue cuando me dijo, en tono resuelto y contundente, que yo estaba extraviada y confundida y que por favor no perturbara la paz de su familia.

—¡Seguramente señora, usted busca a una persona con otro nombre! ¡Retírese por favor! —dijo Eduardo con voz ruda, muy ruda, pero mirándome a los ojos con una crueldad desconocida. Me cerró con rabia la puerta. En mis narices. Quedé petrificada, desvalida. Me sentí tan desdichada, torpe y pesada, ridícula, ahí parada en ese pasillo, al punto del desmayo y del vomito. Me costó un verdadero esfuerzo salir de aquel edificio. No quise armarle un tango porque estaba segura de que me iba a correr y tal vez me diría lo mismo que yo le grité después a mi madre. A partir de ahí el futuro se me descompuso. Qué odio le tuve desde ese momento. Tuve un acceso de rabia ilimitada. Si bien es cierto que lo amaba con todo mi corazón, su desfachatez de cerrarme la puerta sabiendo perfectamente que quien lo buscaba era yo, *su amada amante*, como dice Roberto Carlos, esa situación me puso al borde del despeñadero. Mi sentimiento era tan puro y cándido por él, que cualquier propuesta dicha en ese instante, la hubiera aceptado de mil amores. Lo que fuera. Incluida la de aceptarle tener una doble vida matrimonial, aun conociendo su compromiso conyugal de por vida. Lo que necesitaba de él no eran sus pesos, ni su solvencia económica, lo único que anhelaba era su acostumbrada compañía, su cuerpo, sus besos y sus palabras, que tanto tiempo fueron mi devoción. En nuestro país y en el mundo entero no sería yo la única mujer que viviera en esas condiciones. Hay muchas mujeres que comparten a sus hombres y hombres que comparten a sus mujeres. *El amor es como el dinero: lo necesitas para vivir.* Son elementos que están en la naturaleza humana, que ocupan un plano importantísimo en la convivencia cotidiana. El amor y el dinero son como la luz y la sombra, dependientes uno del otro. Se conjugan para moldear la personalidad de cualquier individuo. Sin embargo, me atrevo a decir que el amor supera inexorablemente la potencialidad del dinero. Porque el dinero no compra el amor, pero el amor te lleva al dinero.

—Mujer, no sé qué tipo de respuesta querías hallar. Todo lo dice su estado civil, ¿de qué te admiras? Y luego, ir a buscarlo a su casa cuando en ella justamente estaba su esposa, sus hijos. ¿Qué otra cosa esperabas? Cualquier hombre, bueno o malo, considera que su hogar está donde viven sus hijos, su cónyuge, su casa y sus muebles. Es su familia. Para mí hasta resulta obvio que él asumiera la actitud que me comentas. Y que prácticamente te echara de su vida. Le ayudaste a apurar esa decisión. Seguramente ahora se siente salvado de haberse librado de tamaña fechoría. ¡Méndigo cobarde!

—¡Sí, es cierto, sabía que era casado! Aun así, cualquier propuesta hubiera sido bienvenida. Me refiero a la forma en que me trató. Nunca he estado peleada con los hombres casados. Mantener una relación prudente con un hombre comprometido, no me asusta. He sentido que este tipo de vínculo amoroso resulta muchas veces mejor que andar de manita sudada con idiotas solteritos emplumados, que no saben siquiera sostener una conversación interesante. Lo que quiero decir es que esperaba otro tipo de recepción, tal vez de aceptación. Un gesto, una mueca, una señal, una clave, una palabra insinuadora, pero nada, no sucedió nada. Cuando se paró en la puerta, lo único que hizo fue defender a la madre de sus hijos. Mató mi esperanza con su repentina postura, tirante, cruel —decía con sus ojos vidriosos—. Su teléfono no funcionaba, eso creo, porque marqué y marqué el número que en alguna ocasión me dio, pero nadie respondió, a pesar de que percibía el tono, por el otro lado de la línea. Por eso es que llegué desesperada hasta el rincón de su vanidad. Me hizo añicos.

Noté que sus mejillas se mojaban por unos hilillos de llanto que empezaron a resbalarle otra vez, llegando hasta la comisura de sus labios; pero no se rindió, siguió con su relato.

—Cuando estuve por fin en la calle, profundamente abatida y herida, pensé si merecía este final. Eso es lo que me arde aquí dentro, el rechazo. Porque de haber conocido su reacción en el epílogo de esta historia absurda, hubiera sido mía y sólo mía, la decisión de aceptarlo o rechazarlo y punto. Ese día, todo se consumió. Decidí no buscarlo más, soportando este dolor intenso que llevo aquí dentro, clavado como un puñal del que no puedo desprenderme. ¡Oh!, no se me olvida ese momento tan ridículo y repugnante. Yo estática y vulnerable, parada en esa puerta pidiendo limosna a un hombre, que ahora sé, nunca fue mío. Tan sólo él arrebató lo que yo le puse en charola de plata: un corazón sin reservas.

—¿Has podido asimilar el final de esta situación tan embarazosa?

—Caray Edgar. No la he asimilado aún. No la he digerido. La traigo aquí, atorada en la garganta. Estoy como una boba pensando en lo que pudo ser y no fue. Tanto que lo quería, hasta soñaba en que yo, su princesa, iba a ser recogida por mi rey para llevarme al reino celestial. Estúpida creyente.

—¿Qué piensas hacer para sobreponerte de este absurdo asunto?

—Traté de hacerlo; pero tú lo impediste —respeté su intervalo silencioso—. Créeme, quería quitarme la vida. De hecho, por eso vine a Monterrey. Estoy segura de que tú hubieras sabido qué hacer con mi cuerpo sin vida. Pero bueno, ya que estoy aquí veré la forma de cómo hacer que todo esto se me olvide. Será difícil, muy difícil. Imagínate, olvidarme que ese fulano existe, que alguna vez le amé con extrema locura. No quiero volver a buscar sus brazos, los cuales alguna vez fueron la receta sin receta médica. No más dolores de cabeza sobre mi almohada. Quiero dejar pasar el tiempo. Dicen los que saben que es el remedio absoluto. Fallido el intento suicida, esperaré a que transcurran los meses; espero sentirme mejor y ya veré qué hacer más adelante. Por lo pronto, tu reprimenda es válida, la acepto, bien lo dices, había tomado una decisión fulminante para socorrer mi desgracia. Si no hubieras llegado a tiempo, ya no estaría contigo, no sé si lo anterior pueda calificarlo como el preludio hacia el puente de la cordura...

Interrumpí adrede su pensamiento en voz alta para agregar mi comentario.

—Pues digas lo que tú digas, yo estoy muy satisfecho y orgulloso de haberlo impedido. Sin duda, desde mi muy personal punto de vista, tienes muchas agallas para llegar hasta esa situación de querer quitarte la vida. Aunque, definitivamente, pienso que existen otros medios menos diabólicos para exterminar esa clase de dificultades. La vida es bonita sabiéndola vivir y, te diré, hay muchos hombres mejores que ese pendejo ciego y sordo, quienes pueden ver y oír en tu interior lo que realmente eres.

La miré con nuevos bríos tratando de filtrar sus razones a través de las mías, tan ortodoxas, pero al fin y al cabo puros sentimientos.

Te quiero tanto que me encelo...

El Cerro de la Silla, imponente, con la cima a nuestra vista. Las esforzadas zancadas que renovamos hacia arriba eran cortas, pausadas, a pequeñas treguas y pensadas, mientras platicábamos. De repente nos sujetábamos de las manos para mantener el equilibrio o la ayudaba con un brazo, o cada quien buscaba su propio caminillo para volver a encontrar nuestras caderas en la empinada subida de brillos pedregosos. La respiración se percibía agitada en ambos y la conversación, en ocasiones, tomaba sus ritmos intermitentes, después de inhalar el aire nuevamente a los pulmones.

—¡Corazón! Ya te he explicado cómo me siento hoy, quisiera seguir con mi relato para que te enteres. Aunque antes deseo contarte cuáles eran mis sentimientos días atrás de todo este embrollo —agregó ella sin que yo la apresurara—. En aquel entonces, Eduardo, para mí, representaba todo. En el presente y en el futuro, ese estúpido figuraba de manera preponderante en mis planes, no necesariamente para casarme, porque casi nunca tocamos ese tema, pero lo consideraba la piedra angular en el ámbito de mis percepciones. Por lo regular, al final de mi trabajo cotidiano deseaba estar con él, contarle cómo había pasado la jornada laboral, a quién conocí, de qué hablé, a dónde fui, con quién estuve, en fin. En múltiples ocasiones yo prefería oírlo y guardar silencio para verlo cómo movía sus labios, admirar sus expresiones, copiarle sus gestos que me encantaban, mirar sus ojos cuando miraban los míos. Me gustaba cuando subíamos a su auto y me acariciaba los muslos y yo correspondía abrazándome a su brazo el cual, caprichoso, a veces surcaba atrevido en mis partes profundas. Durante algunos fines de semana en que él podía estar conmigo, íbamos al cine o me llevaba al teatro para ver cualquier obra. Nos reíamos bastante; cantábamos juntos al poner la radio, cantar nos transportaba, era como levitar en un espacio no considerado por ojos humanos; si no la sabíamos, la tarareábamos o simplemente él la silbaba. Era un tipo que siempre tenía un detalle para mí. Te puedo garantizar que nunca pasé una tarde desapercibida. Sus críticas siempre fueron atinadas y dulces sobre mis vestidos o las prendas íntimas, que con toda la intención usaba para él. Hablaba muy bien de mi cabello, lo acariciaba como si tuviera en sus manos una muñeca de peluche, con tantos cuidados y esmero para no desaliñarlo. Algunas veces nos fuimos de paseo lejos de la ciudad de México y la pasábamos de película, en la playa, en cualquier bar o en los restaurantes. Por las noches me llevaba a bailar, a escuchar música en vivo de cualquier grupo de mariachis que se le antojara. Ahí me cantaba con tanta pasión, haciéndome sentir como la única mujer para él. Me recitaba con sus labios pegados a mis mejillas, me hablaba al oído con sobrada dulzura. Tenía el secreto para ruborizarme; sabía halagarme con frases hermosas y palabras tan bien dichas que parecían elevarme a confines no previstos. A veces, las combinaba con palabrotas o sustantivos lujuriosos, pero sabrosos, que me excitaban.

—¿Y en la intimidad? —le pregunté con cierto encono.

—¡Por favor, no seas masoquista Edgar! ¿Qué ganas con que te cuente todo esto?

—Quiero escucharlo, simplemente. Quiero escucharlo. Anda, dímelo; cuenta ¿cómo era contigo en la intimidad?

—O sea, ¿quieres saber cómo era en la cama?

—Sí, quiero saber; espero que no te importe comentármelo.

Yo quería oírlo, a sabiendas de que me dolería en el alma. No sé por qué subsistía en mi interior esa fuerza subterránea, la cual me impulsaba a enterarme de cómo un hombre, a quien siempre consideré mi rival, fue capaz de enamorar a mi doncella. De qué estaba hecho ese imbécil. ¿De qué estaba poseído ese tarado para embrutecer los sentidos de mi Rosario? Quería enterarme de las facultades masculinas que tenía Eduardo para conocer las diferencias. ¿Qué le hacía ese otro, que no pudiera hacerle yo? Siempre traté de enamorarla a través del oído y Rosario me contaba que el fulano ese la había enamorado por sus encuentros sexuales. ¿Fue así? Por eso quería escucharla.

—Él me hizo mujer. Fue mi primera vez. Él me enseñó la desnudez; también me enseñó a conocer mi cuerpo y el del hombre. Eso no quiere decir que nunca antes estuve en la cama con un espécimen masculino. Lo digo en el estricto sentido de consumar la satisfacción de ser sexualmente poseída y amada por un hombre que sabe hacerte mujer. No cualquier macho te hace feliz en la cama. Cuando estábamos solos y de sexo se trataba, Eduardo se transformaba. Era otro, un hombre distinto. Un ardiente ejemplar. Recuerdo bien que apenas cerrábamos la puerta de la habitación en cualquier hotel, él no dejaba siquiera que llegáramos a la cama cuando ya me estaba desvistiendo. Me alzaba la falda o me bajaba los pantalones con una rapidez pasmosa y me penetraba estando aún de pie. Me recargaba en la pared obligándome a subir las piernas alrededor de su cintura con una locura inaudita; me besaba como queriéndome arrancar los labios, hasta casi hacerlos sangrar. Cuando al fin terminábamos en esa posición, me llevaba hasta la cama despacio, sin desprenderse de mi cuerpo, para estar nuevamente sobre mí, besándome, acariciándome suavemente, convirtiendo la marea en un mar sin olas, sumiéndose una y otra vez en mi vientre cual experto, con esmerada prudencia amorosa, hasta lograr otro final feliz y solemne. Él poseía la chispa sorprendente del sexo. Me mantenía bien despierta, me invitaba a viajar en su delirante parsimonia que desquiciaba mis sentidos. Yo viví plenamente su mundo romántico, el cual de mil maneras y formas me enseñó, desde las cosas más inverosímiles hasta las más absurdas e impensadas. De primero me sentí confundida y humillada; pero a fuerza de hacerlo con la pasión que él me hacía ejercer, lo veía más tarde como parte de un todo al cual correspondía con mucho entusiasmo y entrega, con él no existían actos degradantes. Compartíamos abrazos y besos, suspiros, muchos momentos de intensa energía en los que nuestros cuerpos conjugaban el deseo, la pasión y la lujuria. Yo no sé si debo llamarle a esos tres elementos juntos "amor". Lo que sí sé es que lo amé de un modo que tal vez nunca vuelva a sentir. Además, cada vez que pienso en ello lo hago con tan grato recuerdo, el cual me impide retraerme de inmediato a la realidad.

—Pero bueno, ese es uno de tantos pasajes que vivimos cuando de sexo se trataba. Para ser sincera, mantuvo expectante mi deseo durante todo el tiempo que duró nuestra relación. Me dejaba enteramente satisfecha y colmada. Siempre supo cómo hacerme pasar los mejores momentos en la cama. El gozo y placer sexual lo conocí con él, y no me imagino cómo sería con otro hombre. Ni quiero saberlo. Nunca después.

Se dio la vuelta con la cara al sol, el cual se posaba sobre la joroba del cerro, dimensionando la distancia que nos quedaba por subir, bastante aún. Por largos segundos mantuvo su rostro y sus ojos cerrados a los rayos del sol mañanero y brillante, para ofrendar sus lágrimas en esa altura montañosa, al fragor del sentimiento. Se confundieron los verdes con los amarillos, los huizaches con los chuecos mezquites, la roca con el suelo pedregoso. El mediodía se había puesto nostálgico, se había encargado de darle su color a las cosas. Mirando sus gestos yo también consideré suficiente por hoy su desahogo. Aunque, a decir verdad, su confesión me produjo una gran introspección ¿Qué buscaba en Eduardo? ¿La palabra de su padre? ¿Reponer el silencio hiriente de su progenitor? Pensé que su conducta a todo esto podría tratarse de una venganza o revancha hacia el silencio insolente de don Raúl. Dicen que las fugas o filtraciones obedecen a los estragos de la erosión; y lo que ocurrió aquí, había sido consecuencia del choque de dos generaciones, cuyos sentidos contrarios no tenían la misma equivalencia y se filtraron ayudados por las trampas del tiempo en distintas identidades.

Decidimos no subir más la empinada cuesta. Del cerro bajamos tranquilos, en ahogado silencio. Tomados de la mano surcamos la pendiente, ya sin presiones angustiosas, como cuando estuvo en la Cruz Roja. Ahora Rosario exhibía un mejor estado de salud y en condiciones inmejorables para responder a cualquier situación que se le presentara en las próximas semanas.

Hasta de lo que pudo ser

Velia era una gran amiga de Rosario. Alguna vez trabajaron para la misma empresa y en un área similar de dicha organización. Claro está, también compartieron jefe, con quien lograron obtener sus primeros méritos, y aunque eso había sucedido en la ciudad de México hacía tiempo, tenían muchas cosas en común, razón por la cual sus conversaciones podían comenzar desde lo anodino hasta la oquedad de sus pasiones. La casa de Velia fue testigo de reuniones reiteradas, pues al igual que muchas chicas de su condición, quienes trabajaban y estudiaban al mismo tiempo, compartían apartamento con otras compañeras o se incrustaban en casas de huéspedes para poder sufragar los gastos de sus alimentos y de vivienda. Aprendí pronto el camino hacia ese domicilio y de esa manera lograba que Rosario saliera conmigo.

Mi interés, ahora, radicaba en hacer olvidar a Rosario sus aflicciones personales, involucrándola con otro tipo de tareas propias del recreo y distracción. Poco a poco lo logré. Con el paso de los meses me encargué de que las cosas tomaran otro matiz. En varias oportunidades visitamos un lugar imprescindible en Monterrey, la Macro Plaza: un lugar inolvidable donde pasar la tarde. Resultaba muy agradable ser parte de ese paisaje. Caminamos por los prados y sus jardines, de un verde natural de esmerado cuidado. Admiramos su maravillosa fuente con personajes mitológicos, quienes adornan esculturalmente el centro de la plaza mayor de Monterrey. Hablamos de los edificios construidos en su contorno, como la biblioteca y su casino; también del Palacio de Gobierno, el cual se levanta hermoso al polo opuesto de las oficinas municipales de estilo neoclásico, construido a principio del siglo XX, con sus columnas estriadas al frente como muestra majestuosa, de una obra arquitectónica digna de ser apreciada a la vista del amante del arte antiguo. Ahí pasamos varios domingos divirtiéndonos en las funciones del teatro de la ciudad. Días después la invité al cine a ver una película, de la cual no recuerdo ni el título, porque me ocupé de estarla besando todo el tiempo en sus mejillas y sujetando sus manos con las mías. Por fortuna, ella nunca me rechazó. Se dejaba querer.

En realidad lo que pretendía era su acercamiento, estar a su lado como si fuera el pretendiente de veinte años de edad tras la novia quinceañera, primeriza y santa. Tomaba sus manos y las besaba acariciando cada uno de sus dedos, sacando y metiendo sus anillos provocándole cosquillas al manipularlos con pulcra minuciosidad. Entrelazaba una de sus manos con la mía haciendo que los dedos formaran una masa, acercándola a mi rostro para rozarla con mi barbilla. Ella volteaba de vez en cuando para corresponder a mis traviesas caricias; pero de un modo gentil y amable, sin que sus ojos perdieran el equilibrio y la cordura. Simplemente aceptando el comportamiento del ilustre y rendido amigo enamorado que la tiene consentida. Ese día le recité en versos que la amaba, buscando reciprocidad en ella, tratando de avivar en su femineidad algún instinto, una señal que me hiciera pensar que iba ganando a pausas su cariño. Pero nada, no sucedía nada, la muñeca seguía dormida. Como siempre, estaba frente a una entidad pétrea, insensible, pero cordial. *Llegará después*, me dije, *con el tiempo y un ganchito*. Así fueron esos fines de semana, yendo y viniendo de aquí para allá, tratando de distraerla y de hacerla sonreír.

Te quería hacer ver la vida con otro semblante. En ese sentido, sí notaba un cambio importante en tu ánimo.

Algunas otras tardes asistimos al Centro Cultural Alfa (un sitio austero, sencillo, interesante, majestuoso), donde todo se asimila y se ilustra con ejemplos visuales. Ahí, la física opera y se comprende en juegos, manipulando los aparatos, haciéndote pensar que la física no es tan difícil y el decorado del recinto invita al estudio de los fenómenos naturales. En el Alfa, la ciencia se transforma en arte, el libro se convierte en fotografía y grabado, el manual en documental. Contemplas, observas todo y en partes. Es un mensaje estudioso que se aloja en cada cerebro de manera sistemática. Todo tiene rasgos de originalidad al pie del visitante, todo es bello y seductor. Un lugar donde el arte tiene nombre y título, donde convergen sabiduría y experiencia, donde el sol se junta con la luna y donde el conocimiento se confunde con el juego.

A la mañana siguiente y muy temprano, le sugerí Chipinque. Allí caminamos, caminamos y caminamos. Subimos y subimos, hasta alcanzar en un par de horas la cumbre, o lo que la gente llama La Punta. Es una fila montañosa enclavada en las jorobas de la Sierra Madre Oriental. Es un sitio bello, grandioso; yo diría, sublime. Un lugar estratégico, muy popular para pasar el fin de semana. Allí se construyeron toboganes de concreto, descubriendo el pasatiempo perfecto para sábados y domingos para que los chiquillos resbalen sonrientes cada tarde sus traseros para encontrarse, al final de la bajada, con los brazos de sus padres. Si acaso los niños se fastidian, entonces recurren a los juegos especiales fabricados con troncos y sogas. Subir entre los peñascos de la Sierra y jugar a identificar los paisajes que domina tu vista es toda una aventura. Desde ahí se domina el Cerro de las Mitras, al igual que el Cerro del Fraile y las puntiagudas rocas de la Huasteca. Desde arriba sientes el fresco de sus aires que se dejan venir de las montañas aledañas, las cuales rodean al enorme núcleo urbano cuesta abajo. Estar allí, en esas alturas, es algo así como evocar a los dioses del universo, es poseer el poder para dominarlo todo. Te sientes Zeus gobernando el Monte Olimpo. Es transformarse en ave capaz de alzarse hacia el azul insospechable que sabes que está ahí: intangible. Es codiciar el vuelo del halcón imitando sus alas para surcar el horizonte aéreo sin permisos aduanales. Es admitir, sin preámbulos, que, categóricamente, el hombre es nada frente a la vastedad de la naturaleza.

—¡Esto es vida Rosario! Siente el sudor corriendo entre tus sienes y resbalando por las curvas de tu cuello mientras caminas. Siente cómo transpira tu piel al calor de tus maniobras, que a su vez revolucionan tus deseos. Oye tu jadeo, oye tu latido, goza tu cansancio, percibe tu esforzada respiración y dale gracias al Señor que estás viva aún. Mira allá, al fondo. Tus ojos se apropian, desde aquí, de una distancia inacabable. Abarcan el cielo, contemplas las aves, los paisajes, eres dueña de la luz que cruza los espacios celestes. Esto es vida, porque eres parte de este paisaje elocuente. Tú eres parte de esta belleza, trozo humano de esta energía. Eres borde del filo vital de nuestra naturaleza. Tienes la vida y la debes vivir. Comparte tu aliento con el aire. No renuncies a tu existencia. Dile a la vida que quieres vivirla con la misma certidumbre de las flores que envidian la duración de tus años desde que tu madre te parió. Declárate agradecida porque viniste al mundo no tan sólo a probarlo, sino a ser átomo de su armonía. Eres la minúscula admiración que tiene este mundo; pero aun siendo diminuta, tu aportación se conjuga con la de todos los humanos para que nuestra esencia se brinde generosa y consciente del regalo de los rayos del sol, de la magia del día, de la veleidosa noche, de la impetuosidad del aire, de la misteriosa profundidad de los mares, del desenfreno de los ríos, y así, recoger de ese universo la magnificencia de su esplendor. ¡Qué bueno que eres mujer! Las mujeres son Evas imprescindibles para los Adanes en este paraíso terrestre. Comparten con el mundo la geografía. Ustedes, además de dar vida en su vientre a los hombres, tienen la facultad de ser madres de los hijos del mundo. De transformar su cuerpo en un laboratorio maternal durante nueve meses; de darle forma a nuestras raíces epidérmicas, de diseñar los flujos sanguíneos y un corazón que palpita en muchas emociones. La madre delinea la forma de los huesos para que en ellos se estructuren la estatura y la imagen del cuerpo.

Me tomó de las manos, me acercó hacia ella y me plantó un beso que acompañó su abrazo. El resto del día lo pasamos sonriendo.

Comer se convirtió en un gran placer. La llevé a un lugar muy popular, de costumbres tradicionales, a probar comida característica de la región. Es sabrosa su sazón y sus condimentos, principalmente cuando de guisados y postres se trata. Un plato de cortadillo preparado con base en carne de res que jalamos con las orejas de la tortilla, hasta chuparnos los dedos, acompañados de una cerveza bien helada, para estar a tono con el sabor de los sagrados alimentos. Platillo extraordinariamente delicioso.

Otro domingo lo envolvimos en un día de campo durante el cual pasamos por la Presa de La Boca. Siguiendo luego por la

Carretera Nacional, la cual conduce a Ciudad Victoria, donde se encuentra una pequeña zona comercial que todos conocen como Los Cavazos, un paradero que se distingue por no tener una demarcación estricta entre la orilla de la carretera y el área peatonal. Los paseantes acostumbran, casi siempre, poner un alto en el acelerador del automóvil para saborear cualquier cosilla que a la vista haya enamorado. Comes, bebes y te relajas, para después seguir disfrutando tu domingo. Si se cuenta con el tiempo necesario, lo que haces es darle la vuelta a la presa y pararte por allí con tu compañera, tu familia, tus amigos o con quien vayas para pasar un buen rato. Tu sonrisa me decía, Rosario, que la estabas pasando bien, cada vez que me mirabas por cualquier disparate que te susurrara al oído, a pesar del calor gobernante en el cielo limpio, sin nubes, con bochorno, y el cuerpo sudoroso, húmedo. Regresamos a la ciudad, surcando la carretera curveada con su camellón en medio, lleno de flores coloreadas por las rosas, los claveles y las buganvilias. Nos dimos a la tarea de contar los invernaderos. Los comercios proliferan, de todo tipo; son cuantiosos. Tienen la fortuna de existir, pues los fines de semana la gente, con el deseo de dar un paseo, cae en estos establecimientos. Así, estando al volante y de regreso a casa te pregunté:

—Chayo, ¿cómo y dónde te ves dentro de cinco años? ¿Dónde te gustaría vivir? ¿Qué te gustaría hacer para entonces?

—No lo sé, aun no tengo nada en mente.

—¿No tienes nada en tu cabecita loca?

—Mira, sé que debo hacer algo. Quiero y necesito trabajar. Lo sé, pero no he llegado a aterrizar en cómo será el mañana. Ahora que lo preguntas, casi he resuelto regresar a la Ciudad de México. He meditado mucho acerca de ello. Es más, debo resolverlo pronto porque no me quiero pasar toda la vida haciendo el papel de ociosa.

Escuchando esas palabras me angustié. Comencé con mi labor de persuasión acostumbrada.

—Quédate en Monterrey. Es una ciudad hermosa, interesante, encantadora, dinámica, con mucho estilo. Estando aquí puedes encontrar excelentes motivos, buenos amigos y un buen empleo.

—¿Cuáles motivos, Edgar? Si me siento tan incompleta.

Me dio coraje pensar que no me incluyera entre sus motivos. Me había esforzado todos esos meses, sin contar los años atrás, por hacerla feliz. Todo el tiempo dedicándoselo, como si fuera una ninfa o una diosa de las deidades del antiguo Egipto. Tratándola con devoción. Mi calendario lo ocupaba ella, los días, las noches, los fines de semana. En ella invertía mis tardes después de trabajar, era mi entretenimiento favorito, mi desgaste, mi ocupación. No sabía a quién inculpar con mayor ardor, si a su ceguera o a mi estúpida perseverancia.

—Justamente de eso se trata, de no estarlo más. Busca con afán una esperanza, fabrícale un sentimiento y restáuralo en tu motivo. Caramba, no seas testaruda, sacúdete de ese abatimiento que sólo te lleva a hundirte, sin remedio, en un hoyo sin salida. ¿Por qué carajos quieres regresar a la capital? Si de ahí saliste despavorida.

—A buscar a mi madre. Tengo muchas cuentas pendientes con ella. Entre otras cosas, debo pedirle perdón. Pedirle que me aclare una situación que no he logrado comprender, aún después de haberle dado muchas vueltas al asunto, que me platique, *hasta de lo que pudo ser…*

—¿Puedo saber qué ocurre con doña Amalia? ¿Qué le hiciste que te tiene preocupada?

Se quedó repentinamente callada, como si mi pregunta hubiera penetrado en las cavidades oceánicas de su conciencia. A pesar de haber invertido un tiempo considerable en distraerla y recrearle con otro panorama, noté que no había sacudido del todo los problemas que traía. En eso estábamos cuando comenzó a llover despacito y, gota por gota, mojándose lo incoloro del pavimento, dejándose sentir la proximidad de una tarde nostálgica con el cielo medroso y un tanto oscurecido. La lluvia no era todavía un aguacero, simplemente el panorama de las montañas que rodean a Monterrey se hizo melancólico, avizorándose, a lo lejos, las nubes cargadas de agua.

Con las manos en el volante, vi de reojo a mi compañera, su rostro parecía adoptar la misma tonalidad del clima en ese momento, mientras ya invadíamos la entrada a la ciudad. Me encaminé hacia la avenida Lázaro Cárdenas, después de subir un paso a desnivel y retomé el curso de la conversación:

—¿Crees que yo pueda tener la capacidad intelectual para ayudarte con ese problema?

—Edgar, no seas petulante. Y sí, sí creo que me puedas ayudar con un buen consejo. Te confesaré algo que estoy segura te dejará atónito. Tan sólo cuatro días después de la muerte de mi padre (sí, aunque no lo creas, cuatro días después) encontré a mi madre en brazos de otro cabrón. Los vi cuando estaban besuqueándose descaradamente en la entrada de un edificio cercano a la casa.

Me quedé estupefacto al escuchar lo dicho por la boca de Chayo, no supe qué contestarle en ese momento. La sorpresa fue mayúscula. Me dejó perplejo. Tan solo respondí de manera automática:

—¡No puede ser! Pero, ¿cómo? ¿Qué dijiste?

Ella prosiguió con los labios temblorosos:

—¡Has escuchado bien! Cuatro días, tan sólo, y mi madre ya estaba embarrándose con el mugroso mecánico que arreglaba el carro de mi padre. Cuando los sorprendí, créeme, mi primera reacción fue matarla, clavarle un cuchillo justo en medio del pecho y desfigurarle la cara. ¿Cómo se atrevía a manchar el respeto a la memoria de él, quien estaba apenas enfriándose en la tumba del panteón?

Y yo seguía sin salir del asombro.

—¿Y qué hiciste en ese instante?

—La maldije miles de veces. Le grité de lo peor, cosas tan vergonzosas y humillantes delante de aquel mequetrefe, hijo de su perra madre. Inclusive, después de tantos meses que han pasado, no alcanzo a dimensionar todo el odio que salió de mis adentros. Le dije a ella que era una prostituta, una cualquiera, que no merecía ser mi madre, porque una piruja no puede ser madre de unos hijos que la esperan en casa y quienes hasta entonces la adorábamos.

Rosario irrumpió en llanto, pero esta vez su llanto era cuantioso, no por tristeza, sino por coraje e impotencia. Y porque yo la veía derrotada cuando se concentró en lo que me narraba. El recuerdo de esos momentos la hundía en el pozo de la amargura. Adiviné su desilusión. Encontrar a la autora de sus días en esas lujuriosas condiciones de traición, escondida en un rincón para gozar de las caricias de su amante… ¡quién sabe desde qué tiempo atrás!, pero ese día había sido descubierta por su hija mayor, hiriéndola de lleno en la memoria de su recién finado padre.

—Déjame decirte algo más, Edgar. Con toda la mala intención de mi parte, le escupí en su cara. La quería despedazar, apalear y, con toda la rabia emergida del barranco de mis sentimientos, deshacerla con mis propias uñas. Quería venganza en nombre de mi padre, quien siempre fue muy hombre y de veras respetuoso. Pero cuando lo hice, ella me propinó una sonora bofeteada en la que puso todas sus fuerzas, de modo tal que provocó que yo perdiera el equilibrio. Como pude me repuse para corresponder del mismo modo animal a la violencia, hasta que el pendejo de su amante nos separó como pudo. Desde aquella fecha me arrepiento de llevar su apellido, la maldigo. Mi rencor no ha llegado al fondo, porque sigue cayendo como la roca en un pozo sin final. Me he quedado sin alma, sin apellido paterno, sin apellido materno. Sólo conservo mi nombre porque tú lo dices con tanto cariño, que entonces me acuerdo que así me llamo.

Recargó su cabeza en la ventanilla y sus brazos perdieron en ese momento la rigidez natural. Tuve que orillar el carro en cuanto pude. Me acerqué a ella. Saqué mi pañuelo y con delicadeza limpié las mejillas mojadas que en un momento llegaron a confundirse con los filamentos de agua que rodaban por los vidrios del auto. Seguía lloviendo. Acaricié y besé sus manos para consolarle y sensibilizarla. Necesitaba amor, consuelo, comprensión y alguien que tuviera la paciencia de escucharla para terminar de desterrar toda la mugre que traía encima. Se inclinó hacia mí y recargó entonces su rostro llovido en mi hombro. Sin pensarlo demasiado, busqué su boca y la besé con un deseo incontrolable. Como pude me prendí de sus labios fervientemente en un beso grato, que ella correspondió prolongándose durante largos segundos.

—Eso no fue todo lo que ocurrió ese día. Cuando subimos a la casa, no paró mi odio, ni mi animadversión. Delante de mis hermanos, quienes se encontraban en ese momento juntos viendo la televisión, les grité con tremenda fuerza. "He encontrado a ésta", señalando la figura de mi madre con exacerbada furia, deseando que mi señal fuera una lanza que la hiriera mortalmente, "arrinconada aquí abajo, besuqueándose con el imbécil del mecánico, muchachos. Esto es el colmo de la vergüenza que nos ha hecho pasar esta sirvienta callejera que se hace pasar por nuestra madre". Me quedé pendiente de la reacción de mis hermanos, mirándolos directamente a los ojos, como buscando su aval, pero al notar su sorda y pasiva actitud al ardor de mi desesperación, me arrojé sobre ella cual guerrero enemigo en busca del desquite. El impulso que generó mi cuerpo hacia el suyo provocó que cayera al piso y las dos nos agarramos como fieras en una lucha inesperada.

Yo estaba desconcertado, escuchándola desmenuzar su relato. Primero, porque lo contaba de un modo en que el rostro se le descomponía al sentir sus propias angustias; y segundo, porque era la primera ocasión en mi vida que me enteraba de semejante situación. Mi infancia y adolescencia en casa, del modo en que la viví, nunca se pareció a esta horrenda historia que Rosario estaba contándome. Apenas alcanzaba a comprender fielmente la espantosa realidad que le rodeaba. Siempre había pensado que mi vida era una calamidad; pero escuchar esta crónica inaudita, sobrepasaba todo lo imaginado en mi mente. Me parecía increíble que una familia tan solidaria sucumbiera cuando el padre de la casa apenas desaparecía del panorama conyugal y, repentinamente, toda la estructura hogareña se venía abajo, en un terremoto de dramatismo incalculable al faltar la columna vertebral.

En un momento dado observé que le faltaba el aire a Chayo. Salí del automóvil, rodeándolo hasta abrir la puerta de su lado, para ayudarla a sobreponerse de la dolorosa situación. La sujeté de los brazos y la ayudé a salir del auto. Comenzamos a caminar en las orillas del parque Roma, un bellísimo jardín convertido en un paisaje de hermosas flores, donde en las tardes se congrega la gente con sus hijos, para pasar un buen rato, hacer ejercicio o jugar en los trampolines.

Amainó la llovizna y el ambiente húmedo nos permitió llegar hasta una banca de concreto, en donde ella pudo seguir desahogándose. Pensé que era el momento justo para que ella vomitara toda la porquería que había guardado desde entonces. Pensé, *este es el momento adecuado para vaciar del cesto los recuerdos rencorosos, la basura acumulada, todo lo que no la deja en paz*. Cínicamente adopté una actitud de oyente.

—Prosigue mi amor, por favor. ¡Te escucho con atención! —le dije suavemente, casi en el oído. Me miró al rostro con los ojos lastimados y vidriosos, obedeciéndome. Adivinaba sus evoluciones, deseaba echar fuera todo lo desagradable que había pasado en aquellos días de sufrimiento.

—Enorme fue mi sorpresa cuando escuché de mis propios hermanos que no les importaba lo que yo había descubierto. Que la prostituta y quien tendría que largarse de la casa era "yo". La defendieron a costa de todo, exigiéndome callar. Ya no me permitieron que la siguiera hostilizando. Me desarmaron al momento. Mis consanguíneos, firmemente, apoyaron la conducta arrabalera de mi madre. Agregaron que yo no era una perita en dulce, "también tienes tu guardadito", me dijeron. Para terminar, mi hermano mayor dijo que yo era considerada un miembro despreciable de la familia y, por lo tanto, las puertas de la casa estaban cerradas para mí a partir de ese momento.

—¡Qué locura! Si no me lo cuentas, no lo creería. ¿Crees posible que ellos ya sabían lo de doña Amalia?

—Sin duda, Edgar. Ahora sé que ella le ponía los cuernos a mi padre desde mucho antes que falleciera. Sólo así se explica que mis hermanos hayan actuado de esa manera. Tan solidaria. No tengo otra explicación. Estoy plenamente segura de que, por lo menos, mi hermano mayor sí sabía de las andanzas lascivas de mi madre. También me atrevo a pensar que él estaba enterado de mis amoríos con un hombre casado. Lo digo por aquello que él señaló en su momento, que yo también tenía "mi guardadito".

Hasta entonces recordé que la madre de Rosario era menor que don Raúl por treinta y seis años. No me cabía duda, la sobrada edad entre ambos era una diferencia insoslayable y ésta bien pudiera haber sido una razón, hasta cierto punto atenuante, contundente pero comprensiva para darle a estos hechos la veracidad absoluta.

—Oye, Chayo, ¿qué edad tendrá tu madre ahora? — pregunté para recordarlo y circunscribir un comentario dentro de ese contexto. Deseaba ponerlo en la hoguera de mis argumentos.

—Creo que anda por los cuarenta y cuatro años, no estoy muy segura —dijo casi sin mover los labios—. Ya sé lo que estás pensando, que mi madre se recogió muy joven en los brazos de mi padre, cuando todavía era una chiquilla. Pero eso no le da derecho de pisotear la memoria del que fue su marido más de treinta años. Menos, cuando apenas lo habíamos puesto bajo tierra. No es justo, me digas lo que me digas. Me parece una osadía imperdonable. Además, don Raúl, como tú le dices, nunca tuvo un desliz que ella conociera. Jamás puso en peligro la vida matrimonial de ambos. Siempre la respetó. No hubo un sólo engaño por parte de él. De eso estoy segura.

—Tu afirmación no la puedes certificar. Sin embargo, lo que haya sucedido entre ellos, en el pasado, no modifica las cosas en el presente. Mira Rosario, tienes razón en lo que dices. Comprendo tu dolor y la rabia que sientes allí adentro —le señalé con el índice hacia su busto—, pero creo que la conjugación de la edad con el tiempo trastoca las ideas y las formas de convivencia en una pareja. Es decir, no solamente los cumpleaños te hacen cambiar, también te cambian las costumbres adquiridas durante ese tiempo. Por supuesto, cuenta el entorno social en que te desenvuelves, se generan nuevos hábitos y conductas que van modificando el interior de una persona. Ahora bien, a medida que la experiencia vivida permea de nuevos matices tus opiniones, te convierte paulatinamente en otra clase de individuo. De modo que cuando volteas al pasado, comparativamente hablando, ya no eres el mismo, como sucede con la mayoría de los humanos. En pocas palabras, a medida que pasa el tiempo y vives nuevas experiencias tu intelecto se altera, tus pensamientos se renuevan y, lo que antes fue prioridad y trascendente para ti, hoy pudiera ser una ligereza.

—¿Qué tratas de decirme? No entiendo.

—Lo que quiero explicarte es que, aunque te parezca inconcebible, tus padres difícilmente se entendieron durante toda la vida que pasaron juntos. —Rosario me miró con verdadero desconcierto—. Sí, escúchame con atención, por favor. Por lo que sé desde hace muchos años, ellos se juntaron porque seguramente a los dos les convino reunirse para aliviar su soledad y tal vez regular sus vidas, las cuales, según tengo entendido, andaban sin rumbo fijo. Por lo menos fue lo que un día me contaste. Doña Amalia, tu madre, apenas rebasaba los dieciséis años, y don Raúl ya frisaba los cincuenta y dos. Sin duda, un gran contraste en la vida de ambos.

—Es que ella se vino a la aventura desde Puebla, para trabajar en una lonchería, y mi padre la recogió en una noble acción, para ponerle casa, darle apellido e hijos. Y así le pagó la vieja desdichada.

Me asombró su calificativo. Recriminación filosa; el odio estaba a flor de piel todavía.

—Mientras don Raúl creía que su vida estaba hecha, con seguridad tu madre pensó que la suya estaba deshecha. Mientras tu padre pensaba en la mesura y la cordura, tu madre se quedaba con una cruda encima, por haber dejado su juventud en unos brazos seniles y piadosos. ¿Me entiendes, Rosario? —insistí—. Mientras tu padre pensaba en dormir tranquilo, seguramente doña Amalia pensaba en hacer sexo. En todo esto estriba el gran abismo entre una edad y la otra. Ahí está la razón del frágil comportamiento materno que tanto te ha dolido al final del camino de tus padres. Don Raúl, cincuentón, había vivido casi todo lo que un hombre recorre por las calles del mundo. Y te puedo decir, con toda certeza, que tuvo mujeres y aventuras con docenas de ellas en su juventud. Pero rebasando los cincuenta, el sexo ya no posee la lujuriosa excitación del adolescente, ni la pasión candente de los abrazos, ni el pensamiento cargado de caricias obscenas. El sexo, pasando los cincuenta, nunca podrá ser física y mentalmente tratado igual que a los dieciséis o diecisiete años, edad de tu madre cuando don Raúl la recogió, como ahora dices.

—¿Y por qué te refieres al sexo estrictamente?

—Para explicarte dos cosas que considero insalvables, por nombrarte algo. Primero, en una relación de pareja el sexo es una actividad muy preponderante y viva, que no escapa a las garras de la impotencia, ni de la aburrida continuidad. Es un elemento de equilibrio que se proyecta directo en los resultados conyugales. Para mí, el sexo en una relación sentimental es la parte coyuntural en la convivencia de una pareja y en gran medida depende de este, para que, con el tiempo, empobrezca o enriquezca una relación amorosa. Debiera señalar que es fundamental esta actividad cuando entras al matrimonio siendo una jovencita, como es el caso que ahora nos ocupa. A menos de que se trate de una pareja muy madura, prudente y sensata, la cual anteponga, desde antes, las reglas del juego en su relación. Y segundo, porque es el caso del comportamiento de tu madre a la que encontraste en brazos de otro. Yo no creo que, a la edad que tenía, tu padre hiciera feliz sexualmente a tu mamá. Calculo que ya tocaba los ochenta, ¿no es así?

—Para ti, ¿qué es lo más importante para que sobreviva una pareja?

—Tal vez no sea la columna vertebral de una relación sentimental, pero sí me atrevo a afirmar que del sexo bien compartido y correspondido brotan la buena comunicación y la armonía. En la mayoría de los casos, se mantiene la flama del cariño ardiente, dándose, por consecuencia, que en la pareja existan muchas posibilidades de conservar fieles los principios de lealtad; es más, cuando esta condicionante no se da por alguna razón, entonces es un tanto irrebatible que aparezcan fenómenos como los que acabas de contarme. Reitero, la diferencia de edad entre ellos era gigantesca, una desigualdad muy severa. Fíjate lo que pasa contigo, Rosario. ¿Qué fue lo que buscaste en Eduardo?

—Una relación sentimental con sentido, y duradera, no importaba que él estuviera casado. Esa era mi pretensión. Claro, al final ignoraba que este desgraciado me usaría como su pasatiempo.

—Es cierto. Para mantenerla entre ustedes, el sexo fue determinante. Me has contado al dedillo tus peripecias sexuales con él. Precisamente, para que se diera esa estupenda conexión entre ustedes tuvieron que darse factores importantes, como la estrecha similitud en la edad y las circunstancias sociales en que vivieron sus encuentros amorosos. De alguna manera, fueron eventualidades y lances suscitados dentro del mismo ámbito que les rodeaba. Pudiera pensarse que esto es una casualidad, pero, precisamente por ello, tu relación tuvo vida mucho tiempo. Fue un factor determinante en su enamoramiento. Claro, como dije antes, a menos que se trate de una relación juiciosa y sabia, en la cual las reglas del juego se anteponen. Por ejemplo, cuando dos personas seniles contraen nupcias o cuando se trata convenientemente de legalizar una nacionalidad; tal vez también cuando se quiere ayudar a una persona postrada o enferma. Inclusive, se dan estos casos cuando una pareja cumple una condena en la cárcel. No sé, hay muchos ejemplos que podría darte. Y, desde ahí, podemos establecer los parámetros de juicio de la relación entre tus padres y la que tuviste con Eduardo. La verdad sea dicha, con todo respeto, con la escasa preparación académica de tus padres se antoja difícil pensar que entre ellos haya existido un acuerdo total o parcial para tal efecto. Se me hace imposible. Ahora bien, el amor no está en la cocina —continué—, ni en los trapos bien lavados, ni en el servilismo prolongado. Ni siquiera en una casa perfectamente aseada por una esposa abnegada y dedicada. Si bien es cierto que son elementos importantes en casa, valores agregados, no son predominantes en una relación de pareja. Pasa lo mismo que decías cuando te referías a las tareas del padre con los hijos: no basta con cumplir lo que obedece a la paternidad socializada, debe haber un valor agregado, una suma adicional, si tú quieres, espiritual o sentimental, que vaya más allá de las simples obligaciones del ser. Existen vecindarios que señalan a un matrimonio determinado como ejemplo a seguir, siempre juntos, cariñosos, nunca se gritan, en fin... y desafortunadamente algún día se divorcian. Es decir, algo ocurre en una pareja, que no se da, y tal vez sea por lo que te digo. No lo sé.

—Se necesita amor —sumó Chayo, tratando de ayudarme un poquito más.

—Sí, pero, ¿qué requieres para que exista y permanezca el amor entre una pareja, aparte de las obligaciones? Necesitas hacerle saber a tu pareja que, ella o él, es lo más bello que has tenido, que adoras sus cosas, que lo requieres para vivir. Y para eso existen los detalles, los regalitos, una caricia repentina, el sexo en el lugar menos pensado, el chiste o la broma, una tarea robada con el deseo de hacerle feliz al otro, una sorpresa grata, la visita repentina, una carta de amor, una frase amorosa, las flores perfumadas, un halago, una caminata en el parque, un poema recitado. En fin, hay muchos detalles que se podrían inventar y descubrir para hacer que una relación tuviera ese valor agregado del que hablamos, dejando fuera, obviamente, a los aspectos tradicionalmente obligados, los cuales, aunque ocupan una parte imprescindible en el contexto de pareja, yo siento que ponen en marcha a lo segundo. Y estoy casi seguro que tu padre, por el hecho de haberle dado casa y sustento a tu madre desprotegida en aquel entonces, y por haberle dado hijos, una familia, pensó que su trabajo estaba hecho y bien terminado, según él, a plena satisfacción. Afortunadamente, don Raúl ya no se dio cuenta que era vilmente engañado por su cónyuge. Por lo menos, doña Amalia supo guardar su pasión hasta que él desapareció del panorama familiar.

—¿Eso es lo que tú piensas? ¿Entonces la perdonarías?

—Madre solo hay una, inobjetablemente. Mi madre cuidó de mis heridas, raspaduras y dolencias cuando fui infante. Secó mis lágrimas y, de hinojos, guardó mi sueño nocturno. Cuando tuve el habla entre los labios, me instruyó para decir familia, madre y padre, conciencia, futuro, patria, fe, Dios. Ella me preparó para saber amar a mis hermanos y ser buen samaritano. Me llevó a la escuela, desde el jardín de niños, con su mano pegada a la mía. Ella me reveló la alegría al oír la música y tararearla, a contemplar el mar, a vivir con la gente, me aleccionó para pronunciar perfectamente la frase "te quiero". La vida no sería lo que es sin ella. Porque mi madre es belleza, color, placer, dolor, fatiga, pasión, llanto, entusiasmo, arte, poesía, amor. ¡Cómo no voy a querer a mi madre! Créeme, Rosario, amo a mi madre. Sin embargo, ahora, como adulto, conociendo la dimensión del pecado y el costo de una equivocación, no me atrevería a arrojar la primera piedra.

—Comprendo. Pero ¿qué opinas de este problema en particular?

—Mi opinión redunda en la comprensión y en la construcción. No puedo destruir lo que ya tuvo destrucción. Te recuerdo una vieja ley de Newton que dice: *Para toda acción corresponde una reacción*. Y es aplicable en todos los conceptos. Doña Amalia reaccionó y procesó en forma normal las circunstancias de su perímetro familiar como *Dios le dio a entender*. Por esa razón, y desde mi punto de vista, la comprendo y la entiendo, aunque te suene cruel y despiadado. Y que conste, no estoy hablando mal de tu progenitor.

—Entonces, ¿tú la perdonarías? —preguntó sin quitar el dedo del renglón.

—No, indudablemente no. Lo que trato de decir es que, a la luz de todos, tu madre siempre se comportó sacrificada y ecuánime. La prueba está en que nunca notaste su desvarío, aunque a la sombra era otra la que quería ser. Así puedo definirlo. Sé que no se vale lo que hizo. Simple y llanamente digo que la distancia en años entre tus padres era tan grande y anormal, que me resulta obvio que esto haya sucedido. Imagino cómo era la comunicación entre ambos. Si es que algún día la hubo, debió haber sido cortante, distante, exacta, frustrante, repartiendo instrucciones para ser obedecidas al pie de la letra por la comandancia superior de la familia. Siguiendo la línea trazada por el padre, para que los suyos hicieran exactamente lo que él marcaba desde su propia independencia y regir, de ese modo, el horizonte que don Raúl consideraba como el correcto, el único. Así debió ser. Fíjate, profundizando en esto, pienso y no lo hago a la ligera, pero bien pudo suceder al principio de su unión libre que tu madre haya sido violada varias veces por tu padre. Sí, es posible, la batuta la llevaba él en todas las áreas del contexto matrimonial. No lo digo yo, lo dicen muchas filosofías y entre ellas la de Simone de Beauvoir, que cuenta que dentro de un matrimonio patriarcal, como al que nos referimos, se dan decenas de violaciones como las que suponemos aquí. En la cama no pudo haber sido lo contrario. Él la tomó, la penetró, la embarazó, a su propio parecer, sin calendario. En otras palabras, la usó del modo en que a don Raúl le pareciese, según sus atavismos y costumbres. Nunca pensó en el hecho de que tenía a una niña como esposa. Y con respecto a tu madre, pasados algunos años y sin el sexo prodigado por su varón, ajado en casa, ella no tuvo empacho para ponerle el cuerno y engañarlo con el fulano menos pensado por él. No creo que pasados los ochenta pudiera batirse en duelo sexual con tu madre.

—Edgar, qué fácil resbalas el calificativo de prostituta. Todos tus argumentos los estableces porque eres hombre y porque, seguramente, también tú tienes historia con las mujeres de la calle.

—Sin duda, no soy un santo, ni profeso una religión. Y, precisamente, por conocerlas de ese modo, me atrevo a opinar que la mujer vale mucho más de lo que tú supones. A estas alturas deberías entender que no soy misógino. Los hombres hemos sido afortunados al saber de mujeres tan bellas e interesantes, como Sor Juana Inés de la Cruz, sin ir muy lejos. Ejemplo del mejor espejo en la poesía. Y puedo mencionarte aun mujeres con similar historia. Ahí tienes a Eva Perón, Indira Gandhi, Gabriela Mistral, etcétera. ¿Cómo no hablar bien de la mujer? Si ustedes son el elixir de la existencia. En ustedes se encuentra la prolongación del apellido del hombre; la palabra madre que suena gruesa en la boca, cuando se pronuncia con fe. En la mujer está el beso, el abrazo, la caricia, el placer, la sabiduría, la paciencia, el encanto, el perdón; en una palabra, la vida. Por supuesto que amo a la mujer, porque mujeres son mi madre y mis hermanas. Porque tú eres mujer, por eso te amo.

—¿Me amarías igual si te dijera que provengo de una madre que se comporta como puta y que tiene actitudes de sirvienta? Porque eso fue ella, una pinche sirvienta, vivió así desde que llegó a la Ciudad de México —gritó Rosario, agresiva e insolente. Sabía mis respuestas de antemano, pero el rencor hablaba por ella. No era una cabeza con alas, era una cabeza con intestinos llena de miasma.

—Te amaría más, si amaras tu origen. Te amaría más, si te amaras a ti misma. Te voy a dar un consejo. Una mujer como tú debe ser leal a sí misma, tener fe en su capacidad de hacer las cosas, de llegar hasta ellas. Debes creer en ti, tener lealtad y fidelidad a tus principios e ideas. De nada servirán tus ansiados proyectos, si no te provees de autoestima. Debes pensar que eres una mujer que vales y mucho, mujer de valor inigualable, inalcanzable para las demás. Pensar que la mujer, a través del tiempo, ha llenado páginas de gloria, sin olvidar que provienes de la Malinche, de doña Marina, como le ha llamado la historia. Se dice que fue la mujer la que traicionó la palabra del azteca. En mi opinión muy particular, pienso que esa mujer fue el medio por el cual ahora tenemos una religión, un idioma, la palabra entendida y una forma de vivir. No llores tu pasado, ni te arrepientas del vientre del cual vienes. Tu madre supo sacarlos del hoyo y los puso a flote en la superficie. No se vale hacer del árbol caído una hoguera. Debes pensar que tú, al igual que muchas mexicanas, han logrado romper con viejos mitos de la sociedad y han salido victoriosas, saltando barreras y paradigmas de gente obtusa. Cuando seas madre, algún día, querrás que tus hijos superen el límite al que no pudiste llegar. Cuando seas madre y completes el ciclo, verás, con orgullo, a tus vástagos tener una mayor estatura y otras formas superiores de aplicar los conceptos moralistas que ahora pregonas. Está escrito que el hombre nunca se detendrá ante nada, menos ante la muerte.

Tú eres de esas raras personas que quisieron detener con su propia mano el proceso natural de la vida.

Rosario ya no dijo nada, simplemente se recargó en mi hombro para descansar, como lo tenía acostumbrado. Sus ojos se apaciguaron y su voz dejó de arrojar basura, sólo se limitó a gemir en mi oído y dar paso a su transpiración acelerada, que lentamente bajó de intensidad por el cúmulo de sus reflexiones; hasta perderse con el ruido de los coches que pasaban por allí. Los árboles nos hacían compañía; espigados, verdes, frondosos; cubriendo el regio horizonte celeste desde nuestra banca. Con mi pañuelo limpié las manchas húmedas que quedaron sobre sus mejillas, con tierna precaución, haciendo voltear su rostro moreno y triste hacia mí, para robarle otro beso escondido en el silencio que perduró toda la tarde. Un beso para sellar muchas palabras con recuerdos de un pasado negro, un beso que, en la profundidad del sentimiento de ambos, se entregó pleno, blanqueando el alma de viejos temores y dejando que las dudas se extinguieran, después de haber sido combustible, en el triángulo del fuego.

La tarde languideció y se quebró en el espacio. El otoño se asomó por entre las nubes que corrían empujadas por el viento. Las casas, con las sombras comenzaron a difuminar sus perfiles, ocultándose entre los árboles crecidos. Las luces hicieron fiesta en las ventanas, haciéndole honores a la entrada de la noche. Los umbrales se encendieron y todo Monterrey se iluminó, igual que nosotros...

Y me figuro que por eso

Los días, las semanas y los meses pasaron, como se pasan las hojas de un libro al que se lee con interés, tratando de comprender el mañana en la problemática de una mujer a la que no podía negarle absolutamente nada. El amor no se mide por palabras, se mide por hechos que viajan, directo, a la razón de ser y estar en el alma de quien los contiene. Llegué a pensar que el tiempo estaba divorciado de mi propósito. No era mi mejor aliado, lo presentía. Agonizaba cada vez que me concentraba en ello; pero bien dicen que estar enamorado es estar ciego y no se ve más allá de la pared de los sentimientos propios.

Queriendo penetrar en su interior como algo único e imperturbable, y habiendo utilizado innumerables recursos para ganarme su crédito, lo único que obtuve fue su caridad y lastimosa gratitud. Sus predilecciones se situaban a distancias kilométricas de mis aspiraciones. Despreciando lo que yo ponía en su mesa, me percaté que estaba lejos de despertarle deseos por mi persona. Tal pareciera que ella pensaba en todo, menos en que yo estaba dispuesto a estar, por siempre, a su lado. Su salud florecía como las hojas de un árbol en primavera al paso de un crudo invierno. La cicatriz en su muñeca ya había casi desaparecido. El sol se manifestó en la piel blanca de Rosario, coronándola en sus tallos y ramas de un follaje esplendoroso en el nuevo horizonte de su vida.

Ahora la veía fresca y rebosante, segura, flamante, coqueta, indiscreta, audaz, femenina, medio altiva y con una sonrisa blanca que distinguía su rostro. Su talle se exhibía majestuoso en sus vestidos ceñidos a la cintura, dejando ver sus piernas adorables cual tesoro mancomunado, como una diosa encendida. Al llevarla del brazo, me sentía orgulloso de pasearme junto a ella, el clásico celoso de las miradas ajenas y pervertidas. Sabía y sentía que Rosario era la sombra de mi felicidad, el cobijo de mis pertenencias, la huella a perseguir, la mujer ideal que deseaba para toda la vida. Era feliz cuando conversábamos de nosotros, confiándome sus secretos, al sentarnos en una mesa de cualquier restaurante, al llevarla de compañera en la privacidad de mi automóvil, al tomarla de la mano bajo cualquier pretexto, benigno o codicioso, al oír su respiración cuando mi cara y la suya se rozaban por las mejillas para darnos un beso de bienvenida o despedida. Era dichoso del todo al percibir y desmembrar sus revelaciones, cuando perdía su mirada en la nada explorando una respuesta. Exigiendo un consejo puntual para aliviar sus dudas. Pero veía, con tristeza, en su actitud, que la frecuencia de mis visitas servía para solidarizarme como su inseparable amigo, mientras que mi obstinación por poseerla perdía terreno, para convertirme simplemente en su incondicional consejero.

Debo confesar que tal tesitura me trasladó a la orilla de la desesperación. Me parecía imposible no lograr encontrar la estrategia que rompiera con ese lazo absurdo de inseparable amistad. ¿Cómo provocar que mis alternativas me permitieran hacerle ver que yo era su futuro y no el adicto de su fémina cursilería? ¿Cómo hacerle sentir que yo era el hombre que la amaría sin condiciones y sin reservas? El hombre capaz de apaciguar sus congojas, de revivirle sus días felices, de hacerle digerible todas las angustias que había vivido, de convertir su incertidumbre en seguridad y confianza, de ser su solvencia en los aspectos económicos y morales, tal y como ella los deseaba tener. Me pregunté muchas veces cuál sería el brebaje, fórmula o elixir para hacerla mía. No me refiero exclusivamente al cuerpo. Me refiero a aquella sensibilidad integral mediante la cual una mujer enamorada ansía ser de un hombre al que considera único.

Pasé noches en vela abrazando la almohada, imaginando su cuerpo entre mis brazos. Sus piernas entre las mías, su respiración en mi boca, su voz en mi oído, su placer en el mío. Imaginando que ella me imaginaba del mismo modo en que yo la figuraba en mi cerebro. Mi Chayo, en casa, esperándome con un beso apretado y tierno, con la palabra amorosa, lista para recibir a su esposo quien nunca faltaría a casa. Soñaba que, siendo mi compañera, ambos nos comunicaríamos sabiamente; ella sus sueños y esperanzas, y yo, las promesas por cumplir. Que compartiríamos las palabras y las miradas, la sopa caliente, la mesa servida, los quehaceres, los trabajos y las tareas. Pensaba que su demostrada inteligencia me ayudaría a sobreponerme de las incontables barreras, de las negativas y de las puertas cerradas, de los engaños y las personas esquivas, que vendría en mi auxilio para ser mejor cada día, en mi trabajo, con ella, con mi casa y con los hijos que tuviéramos. ¡Qué felicidad tendría! En la montaña de mis anhelos la realidad superaría a la ficción.

Fuera de esta utopía, vivíamos la esencia y sustancia de Monterrey, que es una ciudad moderna, vigorosa, de mucho movimiento, donde la juventud reina por su crecimiento. Un día, caminando al lado de una glorieta y admirando una plaza casi jardín, a la orilla de la avenida Vasconcelos y tomados de la mano como ya era nuestra costumbre, ambos dispusimos buscar una cafetería para disfrutar de un sabroso capuchino. Chayo trató de poner en claro algunas dudas que tenía sobre las características urbanas de Monterrey, haciéndome algunas preguntas que ufano respondía.

—Rosario, al referirme a Monterrey, te hablo de toda la mancha urbana que consideramos como ciudad, incluye importantes municipios como Guadalupe, San Nicolás de los Garza, San Pedro Garza García, Santa Catarina, Escobedo, Apodaca y tal vez se me escapa otro, pero como ejemplo, son una especie de delegaciones como las que maneja en la actualidad la Ciudad de México. Claro, aquí adquieren una relevancia subrayada, porque los ayuntamientos han conseguido poco a poco su propia personalidad histórica y social y que, juntas, representan un todo en el contexto general citadino.

—Edgar, ¿tiene algo que ver su situación geográfica con todo esto?

—Explícate, no te entiendo.

—La cercanía con Texas en los Estados Unidos. ¿Piensas que pueda representar alguna influencia significativa en la mentalidad y conducta del regiomontano, en el proceso de su crecimiento y desarrollo?

Ya tomábamos la taza del café, cómodamente sentados, cuando me interrogó sobre el caso en el interior de un vistoso restaurante de la Colonia del Valle.

—Yo creo que sí, claro. Conservando su intransferible propiedad cultural regiomontana. Aunque, pensándolo bien, no tan sólo desde el punto de vista urbano tiene inclinaciones texanas, también en algunos comercios y cadenas de tiendas que han llegado a penetrar muy dentro del gusto y paladar de los regios. Es una especie de guerra entre el taco y la hamburguesa. El taco tiene menos publicidad, pero ocupa un lugar muy especial en la tradición mexicana, en cambio, la hamburguesa invadió, principalmente, la clase media de una manera importante. Respecto a costumbres, hábitos y tradiciones, no hay cambio, aquí se siguen respetando a la usanza de los mexicanos. Tampoco pongo en duda que, en cuestiones de modernidad tecnológica, la Unión Americana represente una gran atracción para la gente de este lado, pues muchos prefieren hacer sus compras cruzando la frontera y traerse, principalmente, aparatos eléctricos para utilizar en casa, desdeñando un tanto la producción nacional. Sin embargo, el valor del dólar establece la limitación en las compras y adquisiciones de los usuarios, ya que los condiciona el alcance monetario. La distancia, de aquí a la frontera, así como el valor del peso en relación con el dólar, equilibra el balance de intercambio monetario, poderosa razón por la cual mucha gente se queda del lado mexicano a realizar sus compras en moneda nacional. Y, además, tiene en su ciudad atractivos suficientes para preferir quedarse y gozar de instalaciones muy modernas y funcionales.

Viéndola al rostro y enamorado de su contemplación, coloreaba mi narcisismo, seguí presumido con mi monólogo.

—Ahora bien, en relación a la tipología de las acciones culturales, no hay punto de comparación con los de enfrente. Los aztecas seguimos teniendo nuestros talentos y hemos conservado cualidades muy propias, tradiciones y métodos en los cuales basamos nuestra formación.

—Y en cuestión de política, ¿cómo ves a nuestro país en relación con los vecinos?

—Invariablemente los políticos mexicanos se hacen añicos en el Congreso de la Unión y se despedazan en cualquier espacio legislativo. Nunca un partido político favorece al otro. Son especialistas en señalarse los males y defectos, las desviaciones y los errores, pero nunca ponen en la mesa las buenas cosas de su rival, aunque estas tengan su razón de ser para el beneficio de la población. El resultado de este comportamiento político es evaluado por los mexicanos en las casillas, cuando llega el día de votar para elegir a sus candidatos.

—Es lo mismo del otro lado, ¿no?

—Sí, los gringos poseen la misma tonalidad, pero sin el calor latino que siempre le pone a los asuntos un poco más de condimento.

—Bueno, lo que me cuentas, para mí no es nuevo. Eso ocurre aquí y en cualquier parte del mundo, se hacen garras entre ellos y, después, quien paga los platos rotos es la población. Existen países en Europa que casi han desaparecido por desavenencias internas, las cuales resultan tan intestinas hasta terminar sus asuntos en francas revoluciones.

—No seamos tan dramáticos y pensemos mejor en los prados bien cuidados de los güeros, los verdes de los camellones, las avenidas arboladas que procuran con atención esmerada, esa limpieza que se observa en sus calles es de admirarse. Desafortunadamente, aquí no existe esa preocupación por la limpieza en general. Por otra parte, debiéramos exigir que nuestros gobernantes se preocupen por el responsable abasto del agua potable, que, al contrario de otras entidades en la República, en Nuevo León representa un líquido súper ansiado, por los tremendos calores que llegan a ser verdaderamente infernales.

—Ahora comprendo por qué mis vecinos la cuidan tanto.

—¿Significa que te gusta Monterrey y lo que has descubierto en él?

—Sí, es bonito y moderno. Para ser honesta, principalmente lo que me cautiva de estos lugares es que aman su tierra y la presumen. Me he dado cuenta que son muy regionalistas. Fíjate, el otro día hubo una fiesta en casa de uno de los vecinos y vieras con qué pasión cantaron todos el famoso corrido de Monterrey. Bueno, con decirte que me grabé parte del mismo.

—Cántame un poco de la letra; anda, quiero escucharte.

—Es que no sé cómo empezar.

—Significa que te quedas, ¿verdad? —dije sorpresivamente y sin pensar en haberlo dicho frecuentemente. Pero ella contestó sin inmutarse.

—Significa que me encanta la vida y el calor humano de la Sultana del Norte, como le dicen también a la región de acá. Me encanta contemplar sus montañas por las mañanas, el cerro de la Silla, la dorsal de la Mitras que se pierde rumbo al horizonte del cercano Saltillo. La majestuosidad de la Sierra Madre Oriental que, erguida y vertical, nace desde mi ventana cada amanecer, con ese paisaje real y evocador el cual mis ojos descubren cuando se abren para ver la luz del nuevo día que me toca vivir.

—Si es así, entonces entonemos juntos un pedacito del corrido —contesté sonriendo, invitándola a seguirme.

"Es por eso que soy norteño,
de esa tierra de ensueño que se llama Nuevo León.
Tierra linda, bella sultana, y que lleva por nombre, ¡sí, señor!
Ciudad de Monterrey.
Desde el Cerro de la Silla se devisa el panorama
cuando empieza a anochecer".

—Hubiera sido un insulto no cantarla juntos. Es el himno regional con que muchos programas de televisión y radio inician sus transmisiones cotidianas, es el coro de la muchachada en las escuelas preparatorias. Es el canto con el que se identifican las tribunas en los estadios de futbol, cada fin de semana. Es el viento que lleva el sentimiento de los de aquí. Es la sangre que canta añorando quedarse con un poquito de su belleza.

—Sí, lo he notado. Yo que vengo de la capital me he dado cuenta del entusiasmo con el cual interpretan su himno, como dices. Por cierto, ahora que hablamos de esto, ¿qué diferencia encuentras entre la vida de un capitalino y la gente que vive en donde todavía le dicen provincia?

—Toda. Voy a decirte la razón, mi corazón. Para hallar el verdadero por qué, debemos tomar en cuenta el número de pobladores, el clima, el salario y el costo de los servicios. En la

Ciudad de México, el número de habitantes rebasa los veinte millones, mientras que aquí apenas se suman casi los seis. Claro, tomando en consideración la suma de todos los municipios. En la capital, el clima es muy benévolo, pues su temperatura ambiente a la sombra casi nunca rebasa los 30 grados centígrados en verano, mientras que en Monterrey hemos rebasado los 43 en la misma estación. En el invierno, aquí el frío es cruento por la cercanía de las montañas, ya que favorecen la entrada intempestiva de vientos que provienen del Golfo de México. Yo pienso que la sensibilidad es mayor. Si a todo lo anterior le sumas que los servicios son muy baratos en la capital, el transporte, el agua, la comida, por supuesto que todo esto marca una gran diferencia en el gasto, en la administración del tiempo, en las costumbres, en la despensa de casa, en fin.

Mientras teníamos este tipo de charlas bien intencionadas, adrede yo sostenía la mirada en su rostro, retándola directamente a sus ojos. Pero ella invariablemente desviaba la mirada.

En una famosa glorieta bien adornada por rosales que los vehículos rodeaban con forzada obligación, se perfilaba un parque vasto y extenso con sus verdes recién llovidos y sus encinos tupidos, pareciese como si esos prados fueran intocables en donde a nadie se le permitiese pisarlos. Formidable aseo para la mente sucia. Con los pretextos que da una buena conversación en la que se presta interés, desdoblábamos los brazos sobre la mesa para asir nuestras manos, las cuales, jugueteando las cuatro con un popote, se acariciaban en cínica conspiración.

—Pues sí, tienes razón. Allá todo es económico, barato y siento que esas diferencias marcan un estilo de vida distinto, indudablemente. Y entrando en profundidades, dime —preguntó Chayo con el afán de seguir platicando—: ¿Cuál crees que sea la opinión, guardada en el interior del país, en relación con el papel que desempeña la mujer dentro de esta nueva sociedad?

—Yo pienso que, tanto en cualquier estado de la República como en la ciudad, han persistido todavía añejas costumbres machistas venidas de tiempos ancestrales. Me refiero a que, todavía en pleno siglo veintiuno, existen muchos hombres que quieren una virgen en la cama y una sirvienta en la casa. Inclusive, pienso que esta clase de mujer elegida, lo sabe y lo espera, tal vez esté resignada a dicho fenómeno social. Y, por otro lado, te encuentras con hombres que quieren a una mujer en la cama y una compañera en la casa, por lo que la diferencia es enorme desde su concepción. Déjame decirte que estos últimos ya ocupan una mayoría. Voy a explicarte. —Me reacomodé en la silla de metal—. He sabido de casos de noviazgos serios y formales, con varios años de duración, en los cuales el hombre, por evitar tocar a su prometida, no tiene relaciones sexuales con su pareja sino que va y busca a otra mujer que fácil se lo proporciona. En otros incidentes, los chavos se enamoran de quien les facilita el sexo, es decir, se enamoran del sexo y terminan con la relación que consideraban formal, afirmando que no hay química entre ellos. También ocurre que, al casarse y poseer a su virgen en la luna de miel, esta no es tan afanosa sexualmente en la cama como creía el novio, en pocas palabras, no es cachonda pues, y vienen los desencantos inmediatos, terminando en episodios dramáticos y hasta sangrientos. Son banales experiencias matrimoniales; sin embargo, a fuerza de ser honestos, todavía persiste en muchas regiones del país. Es requisito indispensable e ineludible ser virgen para ser digna de un hombre que quiera casarse contigo; si no lo estás, perdiste tu oportunidad.

—¿Quiere decir que todavía, en algunos rincones de la República Mexicana, encuentras machos que le dan mayor mérito a la virginidad de la dama que a su intelecto?

—Exacto, y no sólo en el interior del país, también en determinados niveles socioeconómicos de las grandes ciudades. Contra eso no puedes hacer nada. Son costumbres retrógradas que han estado sucediéndose de generación en generación. *Y me figuro que por eso...* no dudo que haya parejas quienes echen por la borda esas tradiciones anacrónicas, las cuales, lo único que causan son matrimonios equivocados, parejas incompletas o frustraciones sexuales que duran toda la vida en ambos. Con el tiempo, te percatas que la virginidad guardada para el matrimonio añorado fue de nula utilidad y que existen valores de mayor envergadura en la intimidad conyugal de una pareja.

Al final de mi comentario, Chayo ya no agregó nada. Extrañamente se limitó a mirarme hasta hacerme ruborizar y, raro en ella, me besó muy despacio, juntando sus labios a los míos tiernamente, como si no quisiera lastimarlos, mientras que una de sus manos guiaba mi barbilla hacia sus intenciones. Era una especie de pago a mis consejos, la forma de retribuir lo que escuchaba. Lo hizo una y otra vez sin inhibición alguna. Cuando ella pensó que era suficiente, recargó su cabeza en mi hombro y la tarde se volvió a ir entre los rosales y los verdes llovidos.

Rosario había estado trabajando en Monterrey, ya tenía casi el año. Pensé haberla convencido de una nueva forma de vida, pero el pasado tortuoso hace sucumbir al mejor futuro cuando no se saben o no se quieren borrar los recuerdos. Es cierto que el mañana se apoya en el ayer si este se utiliza como archivo, pero también el pasado daña al futuro inmediato, cuando se anula la capacidad de rectificar los yerros toda vez brincados los baches que nos estorbaron. Por eso es conveniente señalar que, cuando se camina hacia adelante, no se debe voltear hacia atrás, porque tropiezas. Ella nunca cedió a sus intrincados recuerdos, no pudo abandonarlos en el andén del pasado. Cada vez que platicábamos, la nostalgia y la melancolía campaneaban ansiosamente en su consciente. Su apellido, nombrado a diario por sus compañeros y su jefe en la empresa, le recordaban siempre su origen, su raíz y procedencia, como hija de familia y como mujer. No es sencillo menospreciar el recuerdo materno, cuando el apellido lo manifiesta cotidianamente. Sus pesadillas le refrescaban esos gritos y alaridos proferidos hacia su madre, a quien insultó con tanto rencor, señalándole hasta de lo que se iba a morir. Alucinaciones que no la dejaban dormir hasta bien entradas las madrugadas. Esa revolución interna la impulsaba a regresar a la Ciudad de México, donde toda su familia se acogía tras la huella de un hogar que algún día tuvo sus mejores glorias.

En la norteña ciudad regiomontana había conseguido empleo en una empresa de comunicaciones de prestigio nacional e internacional, en la que se hizo de muchos amigos y en donde trató de sostenerse para olvidar lo que nunca pudo lograr. Más bien, a lo que Rosario aspiraba era a ser restituida en el glosario de su familia. Quería volver para lavar y curar viejas heridas que el tiempo le dejó. Conservaba una especie de deuda consigo misma, debiéndola saldar resueltamente. La soledad, fiel compañera, y la prolongación de los meses de su estadía en el norte, tan sólo habían envenenado su pensamiento al respecto.

Una tarde de junio nos citamos en un café de la avenida Garza Sada, una avenida muy alumbrada, transitada y concurrida, parecida a la de Insurgentes, en la capital de la República. Me confesó que iba a regresarse definitivamente. "La distancia no ha sido un elemento eminencial para encontrar un nuevo destino fuera del seno de mi familia", dijo consternada en aquella ocasión. "No he podido derribar esas barreras que me tienen dando vueltas como una ruleta".

Esta no era vida para ella. Regresaba para buscar un lugar en el corazón de su madre y de sus hermanos. Optaba por retornar a la capital para ser readmitida en el universo del hogar, como siempre lo había sido. Transcurrido más de un año desde aquella ingrata e intempestiva experiencia de intentar suicidarse, ella consideraba haberle dado tiempo a su tiempo. Su obstinación por vivir sola llegó al límite de su resistencia. Reflexionaba a cada instante para reinventarse con su realidad deseada. No regresaba para pedir perdón, me dijo, regresaba para manifestarse como lo que es. Como hija, como hermana. Como parte integral del legajo hogareño. Se autocriticaba con energía para lograr su lugar en casa. El lugar que le correspondía. No era mucho pedir.

—¡Así que te vas! —le señalé con tristeza—. ¿Ya lo pensaste bien?

—Sí Edgar, me regreso por fin. Pienso que debí hacerlo hace tiempo. Aquí me siento sola e inútil. Sé que tengo un buen empleo, gano bien, vivo bien, tengo excelentes amigos, pero este no es mi sitio. He ponderado las circunstancias vividas desde aquel entonces. Necesito estar bien con los míos. He resuelto ir y enfrentarlos, pero ahora sin violencia, sin agresiones, si no en el estricto sentido de poner las cosas en su lugar y que la familia me admita nuevamente como antes, cuando mi padre estaba al frente de la casa. No quisiera que me ocurriera algo estando lejos de ellos y que nunca se enteraran de mi paradero. —Me miró a los ojos y subrayó enfática—. Lo siento, estoy decidida, de veras lo he meditado. Sé lo que estás pensando: que no recapacité en ello cuando intenté quitarme la vida, cierto. Sin embargo, después de analizarlo a fondo, considero que aquello fue un trance muy difícil, loco, el cual afortunadamente ya asimilé y todavía, ahora, pasados muchos meses de aquel drama, no entiendo cómo pude tener una reacción tan extrañamente suicida. De veras, lo siento Edgar. Me llaman el apellido, la sangre, siento que sin ello no tengo identidad, necesito de la célula familiar para sentirme viva.

—Emocionalmente, ¿cómo te encuentras? —le pregunté ávido antes que ella recomenzara con su apremiante contenido—. ¿Acaso has logrado escapar de tus temores?

—Me siento completa, renovada, íntegra, sana. Mira mis ojos, hace buen rato que no lloran. Créeme que en mis pensamientos vive la libertad femenina. Eché fuera el pánico, percibo nítido el equilibrio entre el ayer y hoy. El querer ser y el deber ser están en su lugar, equilibradamente, son coherentes, honestos. Sé lo que me ocurre, necesito asirme como hija de familia a la que pertenezco, luchar por ese sentido de permanencia y pertenencia, que es tan importante en la configuración de los seres humanos. Debo ir a buscar la identidad perdida que quemé en una tarde ardiente, llena de una pasión desbordada por los sucesos de entonces. El tiempo ha sido un medicamento estupendo en este caso, lo confieso. La lejanía me ha enseñado que mi cuna tiene un valor irrenunciable. Es una cuestión axiomática, incontrovertible. Necesito reconciliarme con ellos, con mis hermanos, con mi madre. Inclusive con mi contradictorio padre, a quien me gustaría ir a depositarle un ramo de flores a su tumba. Necesito tonificarme con esa reciprocidad, con la parentela; me hará bien. Es hora de hacerlo.

—Tu papel de mujer, ¿dónde lo dejas?

—Lo estoy retomando. No sé qué haré mañana, ni pasado. Todos mis sueños, los cuales había forjado, se esfumaron en aquel tiempo borrascoso, necesito seguir desmenuzando el conflicto conmigo misma. Una vez que termine con ello, entonces daré paso a la concreción de lo que ansío y quiero en la vida. Una de las tareas que haré al llegar, será buscar ayuda profesional. Un médico siquiatra que ponga en su lugar todas las dudas sin filtrar lo que hay en mi mente. Verdades ensombrecidas o, más bien, que no deseo admitir, que son como el bumerán que va y viene, pero con la brújula malograda. Es necesario replantear esos puntos vitales para sentirme útil en este mundo. A veces pienso que me hubiera gustado ser hombre para ser tan libre como ustedes. Así, si me equivoco nadie me señala, por lo menos me pierdo en la muchedumbre, o mi falta navegaría en las mayorías masculinas en la que se perdona todo. Ustedes pueden estar aquí y allá, con esta y con la otra. Hoy, amanecer tirado en la calle, embriagado, y mañana de corbata en la oficina, como si nada hubiese pasado. Advertir el poder masculino, cuando cínico y fácil engaña con tino a la hembra asombrada por el guiño de la palabra de apariencia sincera. Me gustaría poseer esa dualidad del hombre, a veces es tan inteligente y otras tan estúpido. Imagínate, tener la habilidad para manipular el destino de otras féminas, aunque también me encantaría prolongar la mirada en la belleza del hombre, sin que yo sintiera la tiránica necesidad de acostarme con ellos. Me gusta el hombre, pero también me gustaría serlo.

—No suena mal tu filosa introspección. Efectivamente, en ocasiones somos inteligentes, pero también tan estúpidos que nos perdemos en la frontera de las virtudes y los defectos. Sin embargo, déjame decirte que en la vida ha habido muchas mujeres famosas y encumbradas, como de las que te hablé el otro día. Ellas han surcado caminos difíciles para llegar hasta donde sus ideales marcaron su meta. Mujeres cuya visión del presente y clara proyección del futuro no les permitió ver límites, ni obstáculos. Y si alguna vez los hubo, supieron evadir los peligros para alcanzar su propósito. No veo por qué tú no puedas logarlo.

—Lo dices para reconfortar mi espíritu dolido. Sabes de las razones por las que me derrumbé.

—Te lo digo para estimularte, para que seas mejor cada día y te apures en conseguir lo que quieres, antes de que el tiempo te alcance y seas presa de la amargura nuevamente, presa de un sentimiento frustrante y de la frase clásica de los fracasados: *Fue demasiado tarde.*

—Hablas muy bien de mujeres a las que es imposible igualar. La historia las ha endiosado; de hecho, al nombrarlas, son inalcanzables para mujeres comunes como yo. Las grandes estrellas no se alcanzan estirando el brazo.

—Rosario, ellas se impusieron al destino que, según algunas religiones revelan, se lleva inscrito desde el nacimiento. Se antepusieron a la pereza, a la renuencia, esa clase de mujeres delegaron la lentitud y la mentira a las débiles y frágiles. Fueron personas que no tuvieron piedad de sus propias limitaciones físicas y sociales; tampoco se dejaron enredar en la madeja masculina. Mujeres que, en su tiempo, no flaquearon después del segundo y tercer intento para conquistar sus territorios. Perseveraron hasta el final para conseguir lo suyo, como ha sucedido y sucederá con las mujeres que poseen carácter y temple; las cuales son de una sola pieza, sin importar su estado civil, color o bandera.

—Sí, Edgar, conozco la historia y ejemplo de algunas de ellas, como bien dices. Pero ¿eso de qué me va a ayudar a mí? La historia ilustra y la verdad compromete. Ellas vivieron ayer y yo estoy viviendo ahora —subrayó bajando la mirada y los hombros en señal de inconformidad—. Sé que ha habido mujeres que han llenado páginas enteras de la historia. Conozco a grandes personajes que habitan en las enciclopedias o en acuarelas de los salones escolares, si tu intención es recordármelo. Vivieron en tiempos diferentes, en épocas distintas, que volaron como los aires otoñales y dejaron las hojas secas al pie de sus raíces. Situaciones completamente fuera de este párvulo siglo veintiuno.

—Rosario, nada es distinto. Salvo los personajes que precisamente hacen la diferencia entre unos y otros, entre los buenos y los malos, entre quienes pueden y quieren, y los que se dan por vencidos como tú. Cleopatra y Eva Perón vivieron épocas distintas y las dos hicieron historia, amadas por su pueblo, queridas y soñadas por los suyos, idealizadas por los ojos de quienes las juzgaron a pesar de sus errores para gobernarse ellas y gobernar a los demás. Ante eso no puedes decir nada, porque no tienes pretexto para borrar lo que es verdad para todos. Si te nombro a esta pléyade femenina, subrayando la pirámide histórica, es porque fueron personajes que han llevado a feliz término sus sueños de ser y hacer algo en este mundo. Estos personajes han demostrado que el mundo no sólo está compuesto de juramentos y promesas sin cumplir; sino que, también como lo expusieron, han ejemplificado un nuevo horizonte en el quehacer internacional, rompiendo con paradigmas de gente común y corriente, que ignora a qué vino a la Tierra y cuál es su función como efímero mortal. Ustedes, las mujeres, han provisto de vitalidad al hombre, han procreado su multitud, se han esforzado por ocupar planos mayores, han revestido la cultura, embellecido a esta tierra de monstruos, su nombre califica la razón del acto de amar. Han puesto su toque femenino en los libros, en el arte y la literatura, en los museos, en las vitrinas de nuestra cosmografía rodante. La mujer es grande, muy grande; y por tus palabras adivino que has pasado por alto estos valiosos detalles que han convertido a los hombres en grandes héroes, muchas veces gracias a la sombra de la figura femenina. Así que, no me cuentes que la mujer es un cero a la izquierda, no reincidas en que la mujer poco vale al lado de un hombre. La mujer es oro pulido, es brillo sobre cualquier pared. Si bien es cierto lo que dicen: que detrás de un gran hombre hay una gran mujer, yo sumaría que para hacerse un gran hombre se necesita de una gran mujer, como una madre al lado del hijo, como una hermana que corrige a su sangre y como una esposa que encausa a su hombre.

—¡Está bien, está bien, me rindo! No digas más al respecto, es que no he podido encontrar el nuevo camino. Déjame que te explique mejor todavía. Siento una gran angustia al estar fuera de los míos, no puedo renunciar así como así a mi origen, a mi pasado, a mi apellido; que como quiera que sea, lo lees en mi acta de nacimiento. Me siento incompleta, ¿comprendes? He pensado en reconciliarme con ellos, perdonarlos y saber perdonar como debió haber ocurrido desde entonces, con una explicación razonada y digerible. Ahora que he estado tanto tiempo fuera de casa, he reflexionado sobre este asunto, hay algunos cabos que no termino por atar y es que, en aquellos aciagos días, no hubiera podido hacerlo debido a las penosas circunstancias que ya sabes.

—Ya lo creo, perdiste a tu padre, en paz descanse. Encuentras a tu madre en brazos de otro fulano y la agredes por malos entendidos. Perdiste a la familia porque te echaron de casa como a un animal, con la cola entre las patas. Te dejaste engañar por un hombre que nunca fue tuyo. Y perdiste tu empleo, por todo ese oleaje de un mar embravecido que tardó en apaciguarse. Qué tiempos aquellos en que el apocalipsis se adelantó a las profecías bíblicas. ¡Uf! Sin duda fue un viacrucis para ti. Ahora me alegro de que le hayas tomado ventaja a esa enorme depresión, la cual por poco te cuesta la vida.

Después de todo ese océano de complejos ejemplos y resoluciones ambos guardamos silencio y...

La invité a mi casa, mejor dicho, a mi departamento, que se encontraba muy cerca del lugar en donde estábamos. Subimos a mi coche, crucé por la colonia Country llegando a la avenida Revolución más rápido de lo previsto. Es lo que me gusta de esta ciudad, todo está cerca, está planeada y su vialidad es muy amplia para circular.

Era la primera vez que ella entraría a mis dominios, no sé por qué nunca antes la invité a mi casa. Ella se dejó llevar, fácil y confiadamente, mientras yo iba pensando que ésta era la última oportunidad que tenía. *Ahora o nunca*, me dije, *o se lo digo hoy o me quedaré con un ardor espantoso el resto de mis días.* Así, pensé en echar fuera lo que había guardado aquí dentro desde hacía mucho, pero mucho tiempo.

Es que yo vivo tan intranquilo

Entramos a mi departamento después de caminar y cruzar la plazuela del estacionamiento. Subimos los dos pisos de rigor. Antes le describí, previa consideración, las condiciones que debía guardar un condómino cuando estás viviendo dentro del ámbito de un vecindario. Le mostré que vivía en un edificio pintado de color durazno de apenas cuatro pisos de altura, con ocho departamentos, dos por nivel.

Habiendo cerrado la puerta principal, la conduje hacia una habitación pequeña que había acondicionado como biblioteca donde mis libros, cuadernos de trabajo y manuales eran el panorama iniciático.

—Aquí es donde yo paso mis mejores ratos, Rosario. Me entretengo con la computadora, ya sea escribiendo o buscando en internet alguna información y desarrollo algo en ella para pasar el tiempo. Como puedes ver, este lugar es chico y angosto. Aunque no puedes dar más de seis pasos hacia adelante, aquí, en este espacio, me desahogo, leo y escribo cuanto puedo y en este recreo consumo muchas horas de mi vida solitaria.

Después me la llevé a la ventana, de donde caían persianas verticales de aluminio color cobre. Jalé el cordón para mostrarle el panorama del exterior, corriéndolas de lado a lado; de esa manera, logré que la ventana quedara al descubierto, permitiendo que el sol hiciera de las suyas al interior de mi departamento.

—Mira Chayo, desde aquí me doy cuenta si vivo. Cuando me levanto por las mañanas, vengo hasta esta ventana para saber si camina todavía la gente, si los perros y los gatos se mueven, y si el sol, como ahora, sigue contento con la misma intensidad. Es mi fuga matutina.

Cuando expresé lo anterior, había rodeado su minúsculo talle por la espalda, acercando mi rostro a su cabellera de manera bastante familiar. Con su aprobación, proseguí mi descripción.

—¿Sabes por qué? Porque allá afuera percibo la vida, mis ojos lo atestiguan y aquí, adentro, mi sustancia intelectual se concentra en la lectura de mis libros, así me entero de que mi interior tiene vida y que ambas fuerzas equilibran perfectamente mis sentidos. Ven, te enseñaré el resto de mi casita.

Alargando mi brazo, aprisioné su mano izquierda contra mis dedos, que se unieron leales a sus palmas, sintiendo un empalme fresco y exacto entre los dedos de ambas manos.

—¡Ésta es la sala! —le dije cuando apenas habíamos recorrido siete u ocho pasos a la izquierda, más allá de la biblioteca—. Me recibe todos los días al abrir la puerta. Por lo regular, enciendo el abanico de techo y me sirvo cualquier cosa para ver la televisión un rato; aunque, te diré, pronto me aburre y busco un libro en mi estudio como si fuese un instinto mecánico.

Después encontramos la cocina, girando nuestras espaldas. Pequeña pero limpia, aseada, pulcra como mi madre la hubiese querido admirar, el refrigerador a la izquierda y la estufa a la derecha, con su fregadero de rigor al fondo de la cocina y un breve espacio sobre la superficie de madera, donde los platos y cubiertos navegaban según el quehacer del cocinero. A un lado se encontraba un pequeño molde cuadrado de acrílico, que mostraba seis cuchillos de mango negro, bien afilados, insertados de punta en el estuche, un recuerdo muy romántico de Pátzcuaro. Un poco más hacia dentro se ubicaba el comedor, cuyas paredes se habían adornado con un cuadro de platos y cucharas que yo encerré en un marco hace varios años y colgué en la pared, frente a la mesa redonda escoltada por cuatro sillas. En la pared contigua, una vitrina luciendo al estilo de mis abuelos, con platos, vasos y una vajilla que compré en uno de tantos pueblos de Michoacán.

—En esta mesa, mi querida morena, es donde saboreo los mejores platillos que un hombre como yo puede preparar —le dije esbozando una sonrisa que ella imitó con entusiasmo.

—Ven conmigo. —Al momento la jalé hacia la recámara—. Aquí es donde tu príncipe, que hoy te acompaña, duerme a ronquido abierto todas las noches pensando en que tú estás con él. Es aquí donde el sueño se concilia con mis semejantes y la almohada amortigua mis empeños que sobrellevan tu nombre.

Fuimos a otro cuarto adyacente que estaba vacío, y que yo consideraba una recamara sin ocupar. Era una habitación alfombrada, con paredes pintadas de color coral y, en medio del techo, se veía un abanico de cuatro aspas que puse a funcionar cuando pisamos su interior. Al fondo de esta, un guardarropa, sin ropa, el cual celoso siempre me esmeraba en conservar limpio y pulcro. Su sorpresa fue mayúscula cuando, en la pared contraria, encontró su retrato; el cual yo había montado en tamaño regular hacía un semestre aproximadamente. Allí estaba, con su cabello rizado, de frente, sus ojos negros y grandes, plenos y coquetos. Ella no dijo nada, se acercó al cuadro con parsimonia y miró su rostro en el retrato, cuya altura no pudo ser más atinada, pues ocupaba su estatura, y luego volteó a verme para buscar una respuesta que despegó muda en la habitación, volando por todas partes.

—Las paredes de esta casa y yo te estamos esperando —dije con voz firme—. ¿Cuándo vendrás para ser la dueña de nosotros? —pregunté mirándola retadoramente, esforzándome en no parpadear, mientras que mi cuerpo y el suyo quedaban frente a frente y tan juntos como el papel y el lápiz en un dictado. Mis manos se fueron a las suyas; camino andado, nuestros dedos jugaron entre sí conscientemente.

—¡Qué tierno y encantador te oyes, Edgar! —dijeron sus labios carnosos casi tocando los míos—. Presiento que tu excesivo romanticismo no es amor. Es obsesión de tenerme.

—¡Es amor, y amor del bueno! —me defendí—. No puedes, ni podrás dudarlo, Rosario. Ni ayer ni ahora, menos mañana; porque mis ojos siempre mirarán a los tuyos, que los llenas de todo lo que necesitan. No requieren mirar a otro lado, ni mirar otro cuerpo o figura. Mis ojos pertenecen a tus colores, se gobiernan con tu parpadeo, se alegran con tu pupila, les das vida, como ahora que los hipnotizas como si fueras diosa. Sin duda puedes convertirlos en brillo o quizá los oscurezcas si los tuyos no los vuelven a mirar. Mi luz está en tus ojos, deja que ellos miren a los míos con esa libertad que deseo, con ese afán coqueto del que se revisten.

Mi proximidad no tuvo más semáforo que su aliento. Mi voz se incrustó en sus labios; de manera que al hablar mi boca se movía entre la suya.

—¡Mírame, Rosario! ¿Acaso mis ojos mienten cuando te miran? Dime, ¿encuentras una mentira en ellos? ¿Verdad que no?

Esas fueron mis suplicas mientras sus ojos quedaron fijos en los míos que parecían llover por dentro. Zafó sus manos aprisionadas de las mías y, con las dos, comenzó a acariciarme lento por la cara, que sudaba levemente. Sentí poco a poco cómo su tacto adormecía mi valentía. Se hizo de un pañuelo desechable y, sin quitarme su cercanía, frotó mis sienes hasta cerrar mis ojos con su dulzura. De pronto su beso cruzó el umbral de mis deseos y sus labios abrieron los míos con lentitud, para respirar de su boca el aliento divino de su provocación. Fueron instantes cercanos a la gloria; nunca antes un beso generó tanta dicha. Frotando mis labios con su rojo labial, proseguí el camino, nunca antes conmovido del mismo modo por alguna mujer; por ninguna de ellas, que hasta entonces inundaron mis sentidos con pasiones pasajeras, y no con esta elevada ternura. Un beso que premió la espera, la paciencia y la insistencia. Así, quiso que sus labios se ensamblaran con mi alma, en una perfecta armonía de un placer interminable. La magia de su aliento, que no se desprendía de mi voluntad, inflamó mis deseos, no para poseerla, sino para contenerla en ese instante que perduró varios minutos sin que el beso perdiera sus fronteras.

—¡Quédate conmigo, Rosario! ¡No te vayas! —pronuncié en cuanto recuperé la respiración—. ¡No te vayas! ¡Te lo suplico! Tengo la capacidad económica e intelectual, y la seguridad para hacerte feliz. Sé que puedo hacerlo. Mira, esta es tu casa. Este será tu paraíso; el cual procuraré todos los días para convertir tu imagen en la de una reina, mi reina.

La abracé otra vez, con una suavidad escrupulosa. Abrazo que fue siendo cada instante más intenso a medida que los segundos rebasaban mi existencia y transformaban mis deseos.

—Si no te gusta este pedazo de cielo, entonces compraré el que mereces cerca del paraíso. Mira —le dije señalando con el índice—, allí pondré otra fotografía tuya que mandaré agigantar en la pared para admirarte todos los días. Me deleitaré con tu figura, permanente, que será testigo de esta felicidad que sumaré a mis brazos para enriquecer tu vida por la que lucharé hasta la muerte. Porque contigo soy todo y sin ti no soy nada. ¡Todo o nada! Esto no es un juego, es una proposición del hombre que quiere sólo a una mujer, sólo a una para vivir. Una mujer como tú, de entre millones que hay en el mundo, pero que posee todo lo que yo anhelo. ¡Quédate conmigo! —casi le gritaba en el oído, sin quitar mis ojos de los suyos que aún se perdían juntos—. Y verás cómo transformo tus días de tormento en una existencia dichosa. Déjame crear un nuevo calendario en tu vida, que tenga fechas nuevas. Seré la química y la física para quitar de tu pensamiento los infiernos en donde vives. Ensalzaré tu amor. Este me dotará de toda la energía para restaurar tu malogrado pasado; te haré experimentar en carne viva futuros cristalinos, puros, donde no haya espacio para remordimientos.

Rosario se percató plenamente de mi entusiasta seriedad. De la indudable vocación de mis frases que volcaba hacia ella en ese momento. Estaba poseído por su presencia en mi casa, nunca antes visitada por una mujer. El fervor con que me derramaba cobraba mayor intensidad cada momento. Sabía que no iba a tener otro instante para decirlas. Así que, totalmente decidido, cambiaba el rumbo de las cosas entre esta mujer y yo.

—Edgar, ¿verdaderamente estás tan enamorado de mí como dices? —preguntó en un impulso que sonó incrédulo y que retumbó cual campana de iglesia pueblerina, en un Domingo de Ramos—. ¿O simplemente estás obsesionado? ¿Será que no sabes perder?

—Estoy extasiado. Elevado a la máxima potencia. Dominado por un intenso y gratísimo sentimiento de cariño causado por tu presencia aquí y ahora, y con ese beso tuyo, que me ha estacionado entre los espacios de los sueños y la realidad.

—¿Cómo debo interpretar toda esta pasión sumamente romántica?

—Quiero decirte que te amo con todo lo que mi vida puede amar, que me encuentro en un estado tal de enajenación que me ha colocado en la vertical, del arriba y el abajo. O me quedo contigo, o mi vida de plano tomará un rumbo desconocido. Quiero hacerte saber, de una vez por todas, que tú eres la responsable de mi angustia constante, te hago subsidiaria de lo que mis noches puedan ser después, de mi futuro que sin ti veo turbio, que no veo más allá de tus mejillas y la curva de tu barbilla morena que asoma esos labios, dueños de mi respiración.

Y es que yo vivo tan intranquilo...

Ella miraba absorta mis gestos y escuchaba sorprendida cada una de mis palabras que salían del pozo de mi alma, con verdadero frenesí. Y es que hasta ahora toda nuestra relación se había construido bajo el velo de caricias robadas y ternuras disfrazadas entre la amistad y un erotismo camuflado.

—No te pido que seas mi pareja, es más, queda corta la frase de pedir tu mano, si eso pretendes oír. Te pido que unas tu vida a la mía con lo que puedas darme, que en mis manos lo convertiré en mucho, en pan, en casa, cn vestido, en esperanza y en amor inalterable. Te adoro y te veo como la única mujer que debe anidarse entre mis brazos. Hazme feliz, hazte feliz, hagámonos felices convirtiéndonos en uno, siendo uno, pensando en uno. Seamos Vulcano y Venus formando nuestra propia mitología. Te invito a hacer vida juntos.

Quiero que seas mi esposa, mi mujer.

Cuando concluí en lo que ambos consideramos una declaración, la vi perpleja, arrinconada, quizás hasta desconcertada. Caminó unos pasos hacia atrás y me dejó con los brazos extendidos sin atinar a atisbar cuál iba a ser su respuesta. Pensé que la situación la tenía ganada. De antemano sabía que era una mujer imprevisible, de reacciones desconocidas, como había dicho su médico, pero al ver que se alejaba y me miraba con los ojos más abiertos que nunca, me asaltó el pánico.

— Edgar, después de escuchar todo esto me siento obligada a decirte que debo considerarme una mujer muy afortunada porque un hombre como tú me demuestre su amor de esa manera, yo diría con exacerbado entusiasmo —se dirigió a mí con la misma severidad con la que yo me había empleado—. Es para mí un gran privilegio ser dueña y portadora de los sobrados halagos que me profesas en esta hermosa confesión, que nunca hasta hoy alguien me había revelado. Estoy segura de que nunca podría igualarse con ninguna otra. Jamás un hombre me habló como tú lo has hecho hoy.

En verdad, nunca pensé tampoco que me amaras con los calificativos que expresas. Siempre imaginé que tus palabras de cariño eran piropos o meras alabanzas color de rosa para levantarme el ánimo. El trato que hemos tenido durante años siempre ha sido generoso y tierno, con el abrazo y el beso a flor de piel, sin ninguna promesa a cambio, sin un pago requisitorio. Y lo mismo ha sido con la constante de tus lisonjas hacia mi persona, halagos que ya me había acostumbrado a escuchar, pero hoy me doy cuenta que…

—Por favor, no me aniquiles con un pero —la interrumpí en seco, sin darle lugar a otras frases, mostrando una angustia real que mis ojos asomaron cuando percibí que ella con su pero se había tornado dueña de la situación.

—Desgraciadamente sí —me respondió con cruel sinceridad—. Yo no estoy dentro del medio en donde tú te desenvuelves. Pertenezco a otro territorio. A otro mundo, Edgar. Un mundo diferente al tuyo, en donde no me toca vivir en los brazos de quien me considera una diosa, porque sencillamente no lo soy. Soy una mujer simple, llana, corriente, que no sabe qué le espera el día de mañana para sobrevivir, que come hoy ignorando que comerá pasado otro día. En otros tiempos, me dejé arrastrar por las caricias de algunos pendejos, que, siendo aventuras placenteras, evitaban caer en el barranco de lo dudoso, porque tengo la horrible fijación de que un hombre nunca podrá ser de una sola mujer, y que una mujer nunca podrá ser de un solo hombre. Las mujeres inmaduras, como yo, subrayamos ser de un solo hombre, pero pasado un tiempo, deseamos una caricia diferente. Disculpa mi cinismo, por favor. Pero te digo la verdad de lo que pienso. Por eso no puedo corresponder a este amor comprometido que me ofreces con tu pasión exultante. No puedo ser tuya porque todavía no sé en qué cielos volaré mañana, ni cuáles serán mis condiciones particulares como mujer. Me siento insuficiente para encarcelarme en tu deseo, pensando que el miedo me atrapará tarde o temprano para hostigarme, con esa ansiada libertad que en algún pasillo de mi camino deambula. De verdad, lo siento mucho Edgar. No puedo ni debo aceptar tu hermosa propuesta. No me siento madura para corresponderte; quisiera crecer más antes de pertenecerte.

—Entonces, ¿a qué se debió tu inesperada dulzura en el beso que me diste hace un momento? ¿Y de los que me diste muchas tardes? No puedo creer que haya sido una mentira piadosa. Todos tenían un mensaje.

—Fue un beso dulce, este, y todos los demás. Como los que siempre te he dado porque te quiero, Edgar. Pero no representa, ni en mucho, una inclinación entrañable en pos de tus sentimientos. Fue un beso afable, entregado, eso es todo. Un beso cuya finalidad es grabar nuestra lealtad. Es correspondencia, apego a tus consejos y arengas, son buenas vibras. Es la única forma que tengo para pagarte todas las consideraciones y buenos tratos de que soy objeto por parte tuya. En verdad agradezco en el alma que seas un hombre tan intenso conmigo.

Caminé lentamente hacia la ventana de aquel cuarto vacío, que crucé con sólo cinco pasos. Hoy los departamentos son tan diminutos que se atraviesan muy rápido. Me paré junto al mosquitero para percibir el viento un tanto cálido del venidero otoño, que sorprendente otra vez llegaba en penosa situación y al punto insalvable del llanto por el terrible sentimiento de impotencia. Enmudecí completamente, había puesto todos los ases sobre la mesa y me ganaron la partida. Repentinamente y muy sumido en mi introspección, me dije: *¡Qué desperdicio! Con todos estos años dedicados a ella, sembrando y sembrando y no coseché nada. No puede ser.* ¿Dónde estaba aquella presuntuosa y aguda experiencia sentimental que se supone reinaba en mi poder? Me había topado con la pared. Parecía ser que la barrera era infranqueable. Sobrevino entonces el pánico de perderla y emergió la ineptitud, la incompetencia. Lo ilustrado y versado en estos menesteres se enclaustró en el armario de los trebejos. No sabía qué agregar para convencerla. De pronto se esfumaron los argumentos, ella había sido categórica con sus palabras. Tan firme como un soldado en el frente. Rosario no podía, no sabía, o no quería ceder un ápice en la tangente. Estaba vedado su lado amoroso desde que su relación última se vio truncada, tenía miedo de convertirse nuevamente en una mujer enamorada. Siendo así, como hombre nunca iba a despertar en ella aquel deseo ferviente de hacernos el amor como una pareja enamorada. Mi imagen le servía como apoyo paterno en el que hallaba protección sin reservas para confirmarme sus íntimos secretos. Eso era todo. En mí veía a su progenitor, a su confidente entrañable, al consultor de su moral agrietada. Y, como tal, me procuraba y hasta me veneraba. Me sentí tremendamente desdichado, triste, frustrado y disminuido a la mínima expresión. A punto de iniciar una rabieta colosal.

De pronto ella se acercó también a la ventana, pegándose a mi cuerpo tembloroso por la brutalidad de sus palabras que se aglomeraron en mi cerebro. Buscó mis ojos e hizo que volteara la cara para mostrarme una leve sonrisa que encerraba un cinismo misterioso. Me liberó de la ventana con su densidad femenina y me atrajo hacia ella sin reclamo, recargando su espalda a la pared quedando erguida frente a mí. Me observó por unos segundos con exagerado aplomo. Yo creo que se puso a analizar mi reacción al juntar tentadoramente sus caderas a las mías, sus piernas se entrelazaron con mis rodillas en un acto fascinante e inesperado. Su abrazo me hechizó, percibí la perfección de su cuerpo retador frente a mi erección palpable e innegable. Unió su cara a mi pecho, los latidos de mi corazón seguramente tronaron en sus oídos como tambores de guerra. Así se mantuvo durante largos instantes, mientras yo guardaba prudencia absoluta, sin aventurarme más allá de la periferia permitida. Repentinamente levantó sus ojos y exclamó:

—¡Ven aquí! ¿Quieres hacerme el amor?

Tuve ganas de besarla apasionadamente y perderme entre su cuello moreno y sin arrugas. De abrazarla y desnudarla tan rápido como pudiera antes de que se arrepintiera de habérmelo pedido. Tirarla en la alfombra, arrancarle sus prendas íntimas. Besar y morder sus senos duros y erguidos como montañas a punto de hacer erupción. De penetrar en sus ardientes paredes vaginales y vaciar la potencia guardada de los incontables años de espera. Pero mi reacción fue del diez al cero. Presentí que ella tenía en mente otra cosa muy distinta y que, ser solícita para hacerme un favor sexual, iba a agigantar la distancia entre un sentimiento y otro. Me di cuenta de que mi vocación por ella estaba en el hilo de las circunstancias. Me parecía increíble que rechazara todo este cúmulo de demostraciones amorosas. No había más que ofrecerle; a cambio, ella me daba limosna. Un donativo para apaciguar el huracán de mi arrebato. No podía creer lo que oía, de verdad. Y eso me encolerizó al máximo.

—¿Qué te pasa? —le contesté plenamente contraído—. No te comportes como una vulgar prostituta —agregué adolorido con la voz bastante sonora—. No quiero recibir absolutamente nada que sea por compasivo agradecimiento. Me doy entero y no por partes, ya debías haberlo comprendido después de tantos años de conocernos. Los regalos aventureros son para los amantes que has tenido en tus ayeres. Yo soy de una sola pieza, y soy para ti —dije justo en el momento en que le desprendía los brazos de mi espalda con fuerza impensada, con coraje.

—¡No soy ninguna puta! ¡Tú también ya debías saberlo! Respétame, soy una mujer sensible en busca de apoyo. De tu apoyo. Y si te ofrezco mi cuerpo no es por simulado agradecimiento, es para complacerte y quitarte esa pendeja cruda espantosa de la que no has podido deshacerte desde que el sol metiche se interpuso en nuestra amistad —comenzó su arbitraria excitación—. Te necesito. Te quiero. Lo confieso y, además, de sobra lo sabes. Sí, aunque de otra manera, sin que eso signifique que me seas repulsivo. Es más, lo haría con agrado.

—¡No deberías sacrificarte por mí! Tu dádiva no me devuelve el valor que requiero. ¡Quiero ser tu hombre y no tu amigo con derechos! Quiero ser tu esposo y no tu amante —expliqué al tiempo en que decidí moverme de lugar, ordenándole —: Hazte a un lado que voy a pasar.

Repentinamente sentí mucho calor Me dirigí hacia la sala y encendí el ventilador de techo. Miré el mosaico café que relucía por su limpieza y me recargué en el respaldo de un sillón mullido y voluminoso. Ella me siguió hasta la sala para tratar de minimizar los gastos del encono que mostraban las arrugas de mi frente amplia.

—No comprendo —recomencé con ardor—, por qué ustedes se enamoran del hombre que no les toca. Y si he de agregar algo, te diré que me parece inconcebible que rechaces al hombre que daría hasta la vida por ti.

—¿Pues no que admiras mucho a las mujeres y que son lo máximo para ti? —respondió burlona y sonriente, asomando el rojo de sus labios.

—Es cierto, amo a las mujeres, pero amo y admiro a las que se aman a sí mismas, porque reflejan su intensidad de vivir; a esas mujeres que cuando se miran al espejo proyectan vehemencia y entusiasmo por su naturaleza femenina, jóvenes que se ven bellas y hermosas simplemente por su razón de ser y de crear en su entorno un mundo afable sin herir el ego ni la intimidad de los demás. En fin, no quiero lastimar la libertad de tu palabra, ni coartar tus actos, porque te quiero como eres, a pesar de todo, es que me siento desarmado con tu respuesta que me ha hundido en la desesperación. Me siento mal.

Tenía ganas de empezar a golpearla.

—Cuando una mujer se da, no le importa nada —dijo Rosario—. Corre el riesgo de perder o ganar, está implícito en la decisión, el amor está envuelto en una complejidad tan absurda que rompe con la ortodoxia moral de cualquier persona. No hay una filosofía en línea. No existen verticales, ni horizontales. Sólo impulsos paralelos que te van llevando como una bola de hielo hacia un rumbo que desconoces, a una velocidad vertiginosa que te agrada percibir. No puedes parar lo que sientes porque ello no tiene control. En cosas de amores yo te gano; lo siento, Edgar, te gano. La experiencia me ha dicho muchas veces que el encuentro con el amor es inesperado. Es incauto, cándido, llega en una mirada, en un verbo bien aplicado, con un detalle, a veces con una sonrisa, no lo sabes. Y tú quieres que yo sienta por ti lo mismo que yo sentí por Eduardo. Él tatuó mi percepción en la palabra que se acerca al oído. Desgraciadamente, no se me olvida.

—Pero él era casado, atado con otra —grité feroz—, y yo estoy libre, sin ataduras. Soltero. Sin compromisos.

—Es cierto, no me correspondía como dices. Pero lo amaba, lo sentía mío, aunque legalmente fuera de otra; y, también, en el amor no valen las normas, ni caben las reglas impuestas por la sociedad. ¡Sé que hacía mal y qué! Aunque ahora me arrepienta, el amor es así, no lo encierra un muro, no tiene aduanas, ni límites. El amor está libre para encontrarse. Lo malo es que cuando estás dentro, te encarcela. Paradoja, pero así es.

—Yo te he dado mucho más que ese imbécil —le dije tratando de recuperar mi seguridad y ganar terreno en esa lucha de palabras y frases que agresivas horadaban hasta las paredes.

—Cierto y no. Me has dado lo que tú crees que es bueno y tolerante. Tu consejo sabio y admonición oportuna, asesoría al oído, constante apoyo moral, tu hombro para llorar, tu madura compañía y la conjugación de tu ayuda casi espiritual. Eres mi maestro; te comportas como mi sacerdote de cabecera, en ti encuentro la salida de cualquier trampa. Pero él me dio su calor desde la primera vez, su beso desprendido. Me dio sus mejores momentos, me hizo sentirme mujer, con él descubrí el placer, el amor. Nunca me puso en la orilla del bien y del mal, simplemente me supo dar y hacer feliz. Y eso tú no lo comprendes. Siempre me trataste como muñeca de porcelana a la que no puedes testerear porque se rompe. Hay veces que tu ternura me ofende. Me hace sentir mal, una bruja al lado del príncipe.

—No puedes comparar todo esto con valores tan extrapolados.

—Por supuesto que no. Ambos son abismalmente distintos. Él fue mi arrebato y tú eres mi espíritu alienado. Tú eres blanco y él fue negro. Tú eres el sol y aquel fue la noche. Lo reconozco y en esos calificativos justamente se pierde mi predilección. Para serte honesta, con tu formalidad masculina y exacerbada pulcritud en el trato, en el habla, en tu forma de vestir, dudo que hagas feliz a una mujer en la cama. Te falta la chispa para encender el fuego de la pasión. Hay que salirse del cuadro de lo perfecto, romper con las acostumbradas líneas de la decencia, atreverse a cruzar la raya de lo permisivo y llegar, sin sorpresas, al gozo del tiempo y el espacio prohibitivo. Yo pienso que tu deber ser tiene dominado a tu querer ser.

Lo que dijo en ese momento agotó mi paciencia y polarizó mi furia. Me cansé de estar recargado en el trasero del sillón. Me encaminé hasta la breve y mediana pared de la cocina que colindaba con el comedor. Allí recargué mi cuerpo en el brazo izquierdo. Tenía razón, en cuestiones de apetencia pasional ganaba. Aunque desde mi punto de vista ella hablaba del sexo prohibido, de la escaramuza bajo el telón, del placer escondido, del beso robado y del magnetismo que existe cuando una relación se adelgaza por debajo de la mesa. Mientras que mi referencia subrayaba la concepción del amor innato, de la flor viva y extendida, que posee una mujer cuando es bien amada, de la sensibilidad virgen y pura.

—¡Sé lo que estás pensando! —me adivinó como si ella fuera prestidigitadora—. Que para causarte esta decepción, hubiera sido mejor dejarme desangrar en aquella habitación.

—Estás loca, no sabes lo que dices.

—Sí, estoy loca, tienes razón. Créeme que hago un esfuerzo por no rechazarte. En ocasiones deseo despojarme de este maldito hábito de anteponer la franqueza a mis frases. Sin embargo, son inquebrantables los principios de la verdad que me has enseñado desde la primera cita que tuvimos. Recuerdo desde aquella vez que me aconsejaste. ¡Sé auténtica, positiva, natural, fresca! Al hombre le encanta la arrogancia femenina, son virtudes que se persiguen, me dijiste esa noche. El amor ocupa todo el universo de nosotros, de la mente, de los actos, de la luz, de los sentidos. Sin amor no somos nada. Cuando falta el amor es mejor morir.

—¡Eres muy cobarde para eso! Te faltan agallas para culminar un suicidio —lo dije en tono retador, totalmente provocador cuando mencionó la palabra morir.

—Ya te demostré una vez que no es así.

—Porque sabías que llegaría yo a la escena. Que yo, tu Edgar, tu estúpido, esclavo, paternalista, te salvaría del intento. Lo calculaste a la perfección, matemáticamente, mientras que yo me volvía loco por llegar a tiempo. Por esa razón levantaste el teléfono y me llamaste. Sabías que estaba pendiente de ti.

—Eres un arrogante, mentiroso y estúpido —gritó furiosa.

—No tienes valor para hacerlo. Tus palabras no reflejan la realidad vivida. Si le tienes miedo a la vida, mucho más le tienes a la muerte. Eres una farsante.

—Mejor cállate imbécil. Estás diciendo pendejadas porque estas disgustado —exclamó con incuestionable verdad y rencor reflejado en su rostro que comenzó a mostrar pucheros por su barbilla.

—Según tú, quisiste matarte porque tu madre se acostaba con otro que no era tu padre, y te retuerce la idea de que lo haya hecho a escondidas de tu progenitor. Mírate al espejo, reflejas lo mismo. Eres igual, te engañabas a ti misma siendo amante de un hombre que no te pertenecía. Cogiendo y haciendo sexo a escondidas, metiéndote en pinches moteles clandestinos para no ser vista por los ojos de quien debiera vituperar tu comportamiento equivocado y soluble. Por eso quieres regresar, porque también te sientes manchada, humillada y sucia, porque tienes el mismo estigma de tu madre; a quien no perdonas, sencillamente porque no te has perdonado a ti misma.

Todo esto se lo dije llorando. Me sentía en verdad lastimado.

—Eres un desgraciado —gritó con ganas de ahorcarme en ese preciso momento. Su mano izquierda fue a dar directo a mi mejilla, en una bofetada tan estridente que estremeció mi excitación que ahora arremetía con fuerza contra ella tratando de responder; pero se hizo hacia atrás, entonces me fui hacia su cuerpo, empujándola a la pared más próxima que encontré. Con todo y el golpe recibido en pleno rostro, distinguí, entre otras cosas, el pequeño estuche cuadrado de acrílico que guardaba los seis cuchillos de cocina a un lado de la estufa. Y, desprovisto de toda cordura, saqué uno de ellos, agarrándolo de la empuñadura negra, pero con la punta en dirección a mi estómago, esgrimiéndolo entre su cuerpo vestido de negro y el mío. La distancia guardada entre los dos volvió a ser extremadamente corta.

—¡Anda, mátate, insensible! A que no tienes el valor de hacerlo frente a mí. ¡O entiérrame el puñal, como tú elijas! Mata mis quebrantos, mis desdichas. O aniquila tu cobardía. Elige, Rosario. ¡Elige! —Ella puso sus manos forzadamente sobre las mías, que envolvían la empuñadura, y miró mis ojos por donde llovía abundantemente—. ¡Anda, hazlo, atrévete! —repetí con la garganta empedrada, al tiempo en que las manos de ambos empezaron a manosearse mutuamente, realizando un vaivén peligroso de ir y venir, con el cuchillo entre los dos, jugando con la muerte. La empujé presionándola hacia la pared con las fuerzas de un hombre desesperado y le repetí mi reto—: Esta vez dejaré que te vayas, no interrumpiré el viaje ansiado de tu fantasiosa locura, veré sangrar tu cuerpo hasta la última gota que derrame ¡Anda, hazlo! —grité enfurecido y rabioso.

El peso de mi cuerpo recargado intencionalmente sobre el de ella hizo que ambos giráramos lento y premeditado sobre nuestro propio eje, de manera que abrazados quedamos al filo de la mesa redonda. Aun así, ella no quitó sus manos aferradas por encima de las mías, que envolvían al cuchillo.

—¡Hazlo! —volví a empujar y a vociferar en una acción descomunal.

—¡Estás loco! ¿Qué tratas de hacer? —respondió también, inundada en llanto.

La empuñadura negra del cuchillo restregaba su traje oscuro y el filo de la hoja, mi camisa. Las palabras se volvieron ruidos, insultos, gritos, estridencia, era imperceptible lo que vociferábamos. Abríamos la boca, para gritar mutuamente cosas sin sentido, improperios, injurias, mientras que el arma prendida de los diez dedos seguía su macabro vaivén.

Ahora el que ya no quería vivir era yo. ¿Para qué? Sin ella mis propósitos no valían la pena. Su negativa había sido tan contundente como la mortandad que deja un sismo. Todos los días ella ocupaba mi tiempo; en todas las horas ella gastaba mi presupuesto. Ella vivía en mí, porque mi espacio y almanaque, con todas las fechas por pasar, contenían su nombre. No había nada sin Rosario. Y si ella no me daba la vida, entonces también ella debía quitármela. Totalmente consciente de mi empeño, empujé todo mi cuerpo hacia adelante, abusando de mi estatura y del tamaño de mi humanidad. El cuchillo se hundió en mis intestinos.

Ella gritó tan fuerte que estoy seguro de que la escucharon en todo el condominio. De pronto sentí un calor inmenso dentro de mis vísceras. El dolor apareció como el frío en el invierno, se acabaron las fuerzas de las que era dueño momentos antes. Mis ojos empezaron a mostrar una ceguera imprevista, por el llanto, por el dolor. El estupor me abordó en seguida, como cuando inicia un terremoto. Todo me dio vueltas como en la rueda de la fortuna, en aquel juego que no tiene meta ni destino. Mis manos se tornaron temblorosas y húmedas de un líquido caliente que salía implacable del interior de mi estómago. El puñal estaba dentro de mí, muy dentro, interrumpiendo mi respiración. Sí, lo habíamos hundido, tan profundo como la cuchara en el azucarero. Vi los ojos de Rosario abiertos y espantados mientras yo me desplomaba hacia adelante, con una trayectoria que iba directo a la mesa del comedor. La caída derrumbó las sillas, cuyos respaldos rompieron los cristales de la vitrina en donde guardaba los trastos, regalo de mi abuela.

El estruendo fue mayúsculo: cayeron la mesa, las sillas y los cristales; seguidos por la vajilla y enseguida yo, sin que ella pudiera evitarlo. Mis ochenta kilos de peso quedaron extendidos en el piso. Recargado en el costado derecho de mi hombro, sentía el puñal desgarrando mi existencia. Estaba clavado a tal profundidad que incluso creí que tocaba mi columna vertebral. Percibí claramente a Rosario. Gritaba, lloraba, gemía incansablemente. Iba de un lado a otro sin saber qué hacer. Creí que tomaría el teléfono que se encontraba en la biblioteca, pero no fue así, aunque llegó hasta él. Después regresó hasta donde yo estaba, esquivó mis pies y sin detenerse entró a la recamara mientras desesperada se jalaba los cabellos. No sé qué quería encontrar. Lloraba ruidosamente, con amargura, casi gritando todo el tiempo. Yo la miraba con amor, aún en ese momento, sí, increíble, hasta en ese instante la amaba, y ella me miraba con enorme quebranto. Estaba totalmente deshecha. Recapacitó y fue a buscarme. Me encontró sangrante y desvanecido en el suelo del comedor. Creo que empezó a decirme "perdóname, perdóname, no quise hacerlo, tú me lanzaste hasta ello. Te amo, no creas lo que te dije. Te amo, te necesito, no me dejes, porque me iré contigo, lo juro".

Justo en ese segundo, alguien tocó a la puerta. Su sobresalto fue enorme. Seguramente era doña Argelia, quien vivía en el apartamento próximo de abajo. Subiría para ver qué ocurría. Y es que el estruendo había sido considerable. Tocó con energía la puerta en repetidas ocasiones gritando "¡Oiga, don Edgar! ¿Ocurre algo? ¿Está usted bien? ¿Qué pasa?". Pero Rosario no contestó. Ella se esforzó en guardar silencio. Hizo lo indecible por acallar su llanto. Sus manos subían y bajaban de su cabeza sin control. Regresó a mí con la tormenta reflejada en sus gestos y se hincó al lado para cerciorarse que todavía respiraba o tenía algún signo de vida. Cuando lo verificó, se acostó a mi lado sobre el mosaico, acercó sus ojos como pudo hasta los míos en una especie de súplica para que yo la viera. Acarició mi rostro con el suyo, sin percatarse que en esa posición el peso de mi cuerpo se inclinaba, poco a poco, hacia el piso, hundiendo más al puñal perdido entre mi camisa desabotonada.

—¡Dios mío, déjame ayudarte, por favor! —dijo con los ojos inundados. Retiró la mesa y las sillas empujándolas más allá del alcance de mis pies y recogiendo los pedazos del florero que se perdían encima de mi cuerpo desfallecido. Como pudo, intentó mover mis hombros y voltearme para colocarme en una posición menos pesarosa, ya que bien escuchaba los quejidos y los ayees de dolor. Comenzó a besarme torpe y bruscamente, en besos que se partieron en mil pedazos, percibiendo su perfume preferido. Sus labios, temblorosos y mojados, se afianzaron a los míos. Fueron besos húmedos, desesperados, como si con ello hubiera querido resarcirme.

—¡Es mentira lo que te dije! —dijo acercándose a mí lo más que pudo—. Es una maldita mentira. Lo dije para que dejaras de presumir tu estúpida serenidad. Tu arrogante serenidad que me enerva y siempre ostentas. Me desespera verte siempre tan paciente y tolerante. No es cierto lo que dije, sí te amo, soy una loca. Sin ti estoy perdida. Dime algo, respóndeme. Edgar, vamos donde quieras, llévame donde tú ordenes, soy tuya. Escúchame, te amo. Escúchame.

Atolondrado como estaba y atendiendo como podía su acongojada confesión, me impresionó. Me impresionó su espontánea elocuencia. Yo la oía sin poder exteriorizar mi sorpresa, esas palabras que tantas veces añoré, ahora me las regalaba, pero en un estado lamentable. Ella y yo habíamos vivido decenas de coloquios y nunca llegó a mí la profundidad de su cariño. Aquí y ahora, moribundo, no podía hacer nada. Quería moverme pero fue imposible lograrlo, estaba quieto, engarrotado, inválido. Mi mente ordenaba, pero mi cuerpo no respondía. Y el cuchillo en mi interior seguía dañando mis intestinos, pues, llevado hasta el paroxismo, embotaba mi capacidad de congoja. Mis ojos la veían sin verla, mis labios querían nombrarla y decirle "lo siento, no intenté pagarte con el mismo dolor, no quería hacer de mi pasado tu presente".

Déjame imaginar que no existe el pasado.

En las condiciones lamentables en que estaba, me di cuenta de que Rosario no era una mujer para mí. Finalmente lo comprendía. En ese instante me daba por vencido, a pesar de su consumada reflexión, a pesar de ceder en su último arrepentimiento. Sabía que Rosario decía cosas para suavizar la situación. Liquidado como estaba, entendía al fin que ella no se concebiría en mi futuro (si acaso salía vivo de esta). Inútil sería después de todo lo ocurrido, seguir aferrándome a la falaz idea de mirarla en el brillo diario de mi espejo. No podría ser. *El amor no se esconde en el miedo, ni se parapeta en los actos de amargura.* El hombre no puede amarrar a la mujer en base a caprichos, ni valerse de argucias turbias, sucias, para someterla, porque entonces pudre la identidad que la hace bella.

Esta vez el sol no estaba en mi ventana, pero se abrieron sus hojas para dar paso a la lucidez estrellada. La noche había aparecido y yo sin darme cuenta. Se había esfumado mi esperanza y entendía todo a través de una bárbara lección, la intensidad de los sentimientos de Rosario. Por más que ella se afanara en darme el sí, no podría vivir toda la vida escondiendo su verdad. No me amaba. Me dolía tanto darme cuenta de ello. No podía escapar del doloroso descubrimiento que ahora se daba. Herido de amor y herido de muerte, me quedé vencido sobre el mosaico. Ya no quería despertar del dolor que me desvanecía. Ni escuchar sus lamentos, ni sus gritos. Quería esfumarme de su presencia.

Si tú no eres mía, tampoco lo seré yo de ti. Inhumana venganza.

En el final, se repetía la escena primera, pero con la otra cara de la moneda. Ahora yo emprendía el viaje al exilio. Así es la vida, mientras unos suben otros bajan en el óvalo existencial. Morar, habitar, obrar, errar, siempre dando tumbos en la conocida circunferencia terrestre, de modo que las curvas no permiten los extremos. Al humano se le olvida que se crearon dos al mismo tiempo para glorificarse y no para matarse entre sí. Sonó el teléfono sin que ella hiciera algo por contestarlo. Creo que nunca lo escuchó, estaba en estado de *shock*, igual que yo. Tocaron nuevamente a la puerta, una, dos o más veces y se percibía más gente que se acercaba a mi apartamento. Insistieron a la puerta, llamaban por mi nombre, gritando en preguntas: "¿Qué le ocurre?, conteste por favor". Y Rosario, ocupada en silenciar su llanto, apretando la mandíbula para apaciguar sus quejidos.

Me percaté de la mancha de sangre, que se hizo gigantesca en mi entorno, y la sombra de Rosario, la cual se perdió en la neblina de mis ojos. Quise gritarle que me abrazara, que persistiera en sus besos apremiantes, hablándome para seguir viviendo, aunque cada segundo que transcurría se iba sin volver, dejándome ahí, entre el yo dolido y sus lágrimas lloradas, envuelto en mi sangre y en el remordimiento de una mujer a la que siempre había amado por sobre todas las cosas de este mundo y quien hoy se atormentaba por haberse negado a mi ruego.

Y se hizo el silencio.

No me platiques ya

Llegar hasta hoy y aquí me ha sido difícil, diría harto difícil. Apenas hace dos meses cumplí los cuarenta y mi edad ya se refleja en el rostro como las rugosidades en la arena del desierto. Siempre consideré que los cuarenta son la mitad de la existencia de un humano en estado natural. Ochenta sería el entero; pero si difícil fue llegar completo a los cuarenta, más cruento será duplicar la existencia. Pero, bueno, la vida te enseña que cada año que se cumple te deja unas arrugas, varias canas y mucho dinero despilfarrado que no supiste aprovechar.

Nací en San Luis Potosí, en un pueblito alejado del ruido de la carretera, de las interminables correrías de los traileros y camiones de carga. Sales de San Luis y tomas el rumbo a Saltillo. Pasados los ciento treinta primeros kilómetros, hay una desviación a la derecha, ahí se encuentra un camino de terracería con dirección hacia lo que considero mi rancho. Una vez situado en el crucero, se inicia una caminata de siete kilómetros hacia adentro, en línea recta y que te lleva entre cactus, magueyes, huizaches, mezquites y nopaleras ardientes y una que otra serpiente que cándida se cruza por el camino terregoso, pero que puedes llegar a distinguir en las noches bajo la lumbre del campo. Y si pasadas las nueve de la noche vas por allí, se mira el nocturnal bello y el horizonte se pone benigno y romántico, gracias a que la luna y las estrellas le hacen compañía a la inmensidad del cielo. Dicen los que se atreven, que se aparecen fantasmas entre las cactáceas, que tienen la mala costumbre de violar a las mujeres y asaltar a los varones. Así que hay que cuidarse del camino en esos fatídicos siete kilómetros por recorrer.

El camión sólo pasa tres veces al día; en la mañana, como a eso de las ocho; el otro, pasado el mediodía; y el último, entrando la noche; y el que se fue se fue, y si no, pues se queda a dormir en el quiosco de la placita principal; porque en Peotillos no hay hotel, ni casa de huéspedes, ni nada que se le parezca. Así están las cosas en el pueblito donde nací.

Años después emigré a la capital, impulsado por los favores de una tía, hermana de mi madre, quien me recogió prácticamente de la ignominia, porque las cosas en casa, en aquel entonces, eran un martirio. Ya en el Distrito Federal, y entrados los trece, comencé a ir a la secundaria por las tardes. No admiten burros en la mañana y por eso asistía en el turno vespertino. Al reprobar el examen de admisión y buscar la forma de evitar perder el año escolar, me vi en la urgente necesidad de acudir a la escuela después de la comida. Nunca había ido en ese horario y tenía yo verdaderos quebrantos, porque me daba un sueño horripilante por ahí de las cuatro de la tarde. El cabeceo era formidable, mejor que el de un centro delantero del Toluca. Lo bueno era que la maestra usaba unos lentes de fondo de botella tan gruesos que no se percataba del cabeceo fantasmagórico de mis tardes futboleras al final del salón de clase. Pero aprendí, de veras que aprendí, no importó el horario, ni el sufrimiento por el sueño traicionero, aprendí. El segundo de secundaria ya lo cursé por las mañanas y aquí el comportamiento fue al revés, el sueño me atacaba para levantarme, con vengativa insistencia, a las seis de la madrugada era una franca cruzada vencerlo diariamente, pero de esas también salí triunfante.

Pronto cambiamos de domicilio y junto con mi tía y todos mis primos y primas nos fuimos a vivir a la Delegación Tlalpan. Allí, el monumental Estadio Azteca era nuestra referencia principal. Ahora el tráfico era el vía crucis. Problemas para abordar un taxi. Problemas para esperar un camión, para subirse al pesero, para caminar al tren o ver la manera de llegar a la estación del metro más próxima.

Comenzaba así la canción que escuchaba en esos días, en cualquier transporte; *No me platiques ya, lo que debió pasar...* cuando me sorprendieron los diecisiete años de edad con la asidua asistencia al estadio de futbol. Me convertí en un verdadero aficionado al deporte de las patadas y lo perseguía a toda costa; inclusive vía televisión cuando me era imposible verlo en vivo. Sin embargo, tampoco perdí la afición de visitar con frenesí a mi pueblo. Disfrutaba mucho hacerlo y yo veía cómo, pero me las arreglaba para estar ahí tres o cuatro veces al año. Al llegar a él y bajar del autobús, lo primero que veía era su clásica iglesia colonial frente a una plaza pequeña que funge como la principal, sin faltar, por supuesto, su quiosco hermosamente erguido en mitad del paraje. Característico, las calles sin pavimentar, con las huellas tradicionales de las carretas jaladas por los bueyes o las mulas que atraviesan las esquinas sin el nombre de sus calles. Aun ahora siguen estando sin nomenclatura, tal vez porque la gente del pueblo no ha exigido que les pongan nombre o porque al presidente municipal no se le ha ocurrido bautizar las calles. El camión llega hasta el panteón municipal, el cual está bastante retirado de la entrada del pueblo, y después emprende su regreso rumbo a la ciudad de San Luis Potosí, cuyo tiempo estimado ronda por ahí de las cuatro horas de camino. En aquel entonces, ir a Peotillos era como exigir oxigenarme, razón por la que respetaba mucho cumplir con la periódica visita. Era algo así como una terapia urgida para recordarme que en ese pueblo estaban mis raíces.

Siempre me impresionó su apariencia despoblada. A la fecha pienso que es un lugar desamparado hasta por el mapa, nunca veo su nombre en uno de ellos. Muy poca gente en las calles, casi nadie. El sol y la luna eran, y siguen siendo, los únicos amigos leales de mi pueblo. Nunca faltan, salvo los días lluviosos y cuando las nubes se ponen celosas del paraíso desértico de su geografía, que se interponen en su trayectoria. Aun así, es bello mi pueblo, no importa como esté: llovido, inundado, pedregoso, lodoso o polvoso. Ardiente en el verano y helado como congelador en el invierno. Con todo y eso, cuando llegaba a mi natal villa, buscaba a mis amigos para jugar al futbol, para enseñarles y actualizarles sobre las novedades en el dominio del balón. Y en más de las veces mis coterráneos vecinitos se peleaban por alinearme en su equipo, cuando se trataba de jugar una cascarita contra otro, de un pueblo cercano. Fueron días felices, sin duda.

Poco tengo que contar de mis padres y eso lo sabe Rosario, razón por la que casi no tocamos el lado paternal de mi existencia. Se separaron o se divorciaron, para el caso es lo mismo, cuando yo apenas contaba con once años de edad. En muchas ocasiones mis dos hermanos y yo, nos percatábamos de las broncas entre ellos, llegando incluso a los golpes que mi padre le propinaba a nuestra insultadora madre, quien se desgañitaba con tremendas leperadas, mientras que él, de repente, le lanzaba una bofetada o le daba un empellón para aventarla por allá, debajo de los muebles de su recámara. Así fueron muchos meses de peleas domésticas en las que no había propiamente un ganador ni vencedor y la familia se acostumbró a ver dos púgiles en constantes revuelos. Pero un día impensado, sí lo hubo. Mi padre la golpeó con mayor fuerza, sangrándole la nariz de manera profusa. Entonces mi madre le aventó lo primero que encontró, con tal tino, que le abrió la cabezota del golpe recibido por el proyectil, por cierto, bastante voluminoso, creo que era una crema limpiadora de manos, de aquellos frascos de vidrio de sobrado grosor. Por eso es que nuestro tutor lució orgulloso, por muchos días, una frente en la que figuraba una alcancía y un parche grotesco.

Ese recuerdo difícilmente se me olvidará. Porque sangrantes los dos, en aquella noche aciaga, aparte de decirse toda clase de linduras sofisticadamente léperas, el colmo llegó cuando mi madre le dijo apurada y convencida: "Ya ni en la cama sirves, carajo". Dicho lo anterior con suficiente aplomo, además de anteponer su fémina voz esquizofrénica y otros calificativos nada dulzones, mi papá literalmente agarró sus chivas y dijo, dos días después del zafarrancho: "Hasta aquí estuvo bueno". Se fue de la casa, se fue del pueblo y de su *amada* esposa. Lo volví a ver hasta pasados cuatro años de este penoso incidente.

Asistí al colegio de bachilleres, donde cursé toda mi preparatoria en poco más de tres años. Tuve que cubrir y pagar materias con exámenes extraordinarios, y porque además recursé matemáticas. Nunca fui bueno para las cuentas y menos para el álgebra, que era mi dolor de cabeza. Pero bueno, todo tiene un final y este fue un final feliz, porque recibí mi certificado liberado, el cual me permitió presumir el pase íntegro a la universidad.

Con mis padres divorciados, mi mamá en el pueblo, enclaustrada para defender su terruño, permeada de sus viejas costumbres y amistades, prefirió anclarse allá hasta la fecha, en donde me espera periódicamente. Siempre le llevo un regalito para que no me olvide. En cuanto a mi padre, pues es un hombre que va y viene de Peotillos; entra y sale sin checar tarjeta, nadie lo vigila, en realidad no sé exactamente a qué se dedica hoy, aunque toda su vida fue labriego. Pasa mucho tiempo en la capital de San Luis Potosí. En ocasiones coincido con él al visitar el pueblo y platicamos, pero sin sacarle información relevante de su entendimiento atribulado. Yo espero que sea feliz a su manera, a pesar de su avanzada edad. De verdad, a ninguno de los dos les guardo rencor. Simplemente los comprendo, los acepto como son. Hoy, cuando ellos se encuentran por las calles del pueblo, se saludan cordialmente y, de vez en cuando, mi madre le invita un plato de sopa para calmar su hambre y tal vez para que se le olvide el santo fregadazo que le puso en la sien. Nunca olvidé las zarandeadas que ambos se ponían.

Tales sucesos me crearon un paradigma. Yo me dije: nunca en la vida vas a hacer lo mismo. El respeto por la mujer y hacia ella, tiene que ser casi sagrado. No nací para golpear a una dama. Antes emprendo la retirada. Y otra cosa, vivir con y en la pobreza de mis padres, ¡nunca! Siempre me repetí que nosotros, los hijos, debemos ser mejores que nuestros ancestros. Golpear a una mujer promueve que le pierda el respeto al hombre. Cuando ya no exista tolerancia y discernimiento entre una pareja, lo mejor es emprender la huida, en lugar de golpearse mutuamente.

Decidí estudiar la carrera de Ingeniero Industrial en la UNAM por varias razones, pero creo que la más poderosa fue la de entender que esa profesión, carrera tronco como le llaman los profesores, podía ramificarse y diversificarse dentro del área laboral. Es decir, puedes ocuparte en cualquier cargo de aspecto operativo y técnico. Inclusive te puedes colocar en puestos relevantes dentro del área administrativa. Y bueno, pues sí, un buen tiempo trabajé en una empresa metalúrgica como Supervisor de Operación, por el rumbo de la colonia Industrial Vallejo, en la Ciudad de México. Después de haberme titulado pude seleccionar un empleo mejor remunerado y de indudable proyección a mi carrera profesional. Trabajé y estudié al mismo tiempo, sólo así pude sacar avante mis propósitos. Sin ello no hubiera sido posible. Y aunque la tía Ofelia también tenía sus deberes y compromisos, supo con sabiduría corresponder a mis anhelos y me ayudó muchísimo para construir mi futuro. El día que salí de su casa le agradecí, profundamente, el haberme protegido durante años para llegar hasta donde estoy. Gracias a ella desayunaba y cenaba. Por las mañanas estaba en la universidad hasta las doce del día, después me trasladaba desde allí hasta la Industrial Vallejo, checando mi tarjeta de salida a las once de la noche, para llegar a casa pasadas las doce. Cenaba con lo que mi tía me dejaba listo y puesto sobre la mesa; inmediatamente después me iba a la cama. Sábados y domingos no iba a la UNAM, pero sí desquitaba mi salario yendo los sábados medio día a la fábrica. Así transcurrió ese tiempo en que mi juventud y el anhelo por ser y llegar a tener hicieron de mí el que ahora soy. Obvio, las discrepancias del horario fueron las culpables de que cursara mi carrera con dos años más de retraso, pero bueno, al final del camino el premio me pareció atractivo.

Un año después de esta cruzada estudiantil ya gozaba de la tenencia de un Volkswagen. Como dice la gente, un *Vochito*. Me fui a rentar un departamento a la altura de mis posibilidades y acorde con la distancia a recorrer desde mi casa hasta la oficina. Increíble, pero empecé a disfrutar de mi trabajo y también de algunas experiencias sentimentales, que poco a poco me ayudaron a ponderar mi lado sentimental, comenzando a brotar las primeras impresiones románticas en mi cerebro. Descubrí la fragilidad y virtud de mi ribera romántica, también distinguí los instantes deliciosos de la edad en la que me tocaba vivir. Comprando un libro aquí y otro allá. Llegar a casa, deleitarme el paladar con una taza calientita y humeante de café, apremiar la lectura y ejercitar con inusitado placer el intelecto que se alimenta gozoso de la literatura fue y sigue siendo mi pasatiempo favorito. Estrené mis recreos comenzando a consumir mi tiempo de lector con biografías de Nerón, Gandhi, Napoleón y libros de esa índole. Más adelante, mi exigencia se volcó sobre novelas historiadas de sucesos reales, de autores importantes de predilección latina, que fueron llenando mi estantería hasta presumir, hoy, de una biblioteca bien armada, profusa, fecunda; ya que aparte de digerir con cierta facilidad la lectura, me hice de libros de consulta, con los que me sirvo para resolver mis dudas al respecto.

El tiempo pasó como un calendario colgado en el armario, sin ser visto, trabajando en una empresa ligada a la industria de la construcción. Allí conocí a Guadalupe. Una chica delgada, de rasgos finos y mirada profunda, de nariz perfilada y blanca piel. Tenía cuatro años menos que yo. Era secretaria del Gerente de Soporte Técnico y yo ocupaba el puesto de Jefe de Control de Calidad. Salíamos a comer a la misma hora y muchas veces coincidíamos. Nuestro horario de salida era el mismo, por lo que cruzar nuestras miradas e iniciar una charla fue relativamente fácil y rápido. Así apuramos al intrincado crucigrama que se encargó de unir lo despegado, pues en ocasiones nos encontrábamos en algún restaurante de la colonia, donde platicábamos hasta de las manzanas podridas del paraíso.

Así que, sintiéndonos Adán y Eva, entramos a un edén no bíblico por conocer, hasta que el matrimonio nos unió después de dos años de tratarnos. Llegué a una edad más o menos racional en la que tus decisiones son el crucigrama a resolver, alimentándome con frecuencia de un libro que ilustrara mi entender, tomando vacaciones cada vez que se podía y dejándome querer por una mujer que, pasados los primeros escarceos, fueron de gloria y satisfacción. Qué bello es sentirse amado, sin duda, y qué bello es sentirse indispensable para una pareja. Saberse único, es lo único. Es un deleite conocer el amor cuando te lo profesan sin dilaciones.

Pero como dice Facundo Cabral: *"El amor no acaba, sólo cambia de lugar"*. La verdad es que yo nunca amé plenamente a Guadalupe. Fue una relación de aquellas en las que basas tu matrimonio o unión, si es que quieres darle un título a esa relación sentimental, en la salvaguarda de una mera compañía. Es decir, quieres darle a tu soledad aquel rasgo de conmiseración ayudándole a no caer en la desesperanza y desolación. Quieres buscarle nombre a tu soledad. Ponerle apellido. Claro, tú no lo sabes sino hasta que estás hundido en el dilema del conflicto.

Poco duró esa filiación conyugal; pronto me percaté de mis delirios. Así que en unos cuantos años me deshice de ese falso proceder, por lo que el divorcio se hizo inminente, siendo la mejor solución. Con el tiempo, recompuse mi brújula y busqué afanosamente la persona de Rosario. La mujer que ocupó, desde entonces, todo mi pensamiento y llenó en su totalidad mis expectativas.

Después de esa experiencia y a pesar de todo, seguí confiando que el matrimonio es el mejor estado del hombre.

Déjame imaginar

Llegué temprano a la iglesia. Le dije al chofer que no quería dar más vueltas por la céntrica colonia. No importa que fuera yo la primera persona en llegar. Deseaba estar ahí lo antes posible. Siempre he vivido con una angustia constante. No sé por qué. Tengo la idea de que los días no me alcanzan para disfrutarlos plenamente. Y hoy es un día especial para mí. Diríamos único, porque hoy no hago una visita común y corriente a la iglesia, esta vez tiene un gran significado.

La capital de la República Mexicana siempre ha sido mi hogar. Sé que hay lugares mejores y mucho más bellos en la tierra que habitamos; pero soy como las olas del mar, siempre regreso a la playa arrastrándome en la arena, regreso al origen de mis primeros pasos. Como pregona Juan Gabriel en sus canciones: *"Al mismo lugar y con la misma gente"*. Y aunque nací en el histórico Estado de Zacatecas, un lugar bello e incomparable, la Ciudad de México, es y ha sido mi cuna floreciente donde amamanté la vida de adolescente hasta llegar a ser mujer.

Mi padre, que en paz descanse, llegó aquí a probar fortuna hace muchos años después de abandonar las *Quince Letras* de Juan Aldama. Y en esta gigantesca ciudad nos crió. Estudié en la Universidad Autónoma de México. Aquí me gradué, presenté mi tesis con muy buenos resultados. Pronto obtuve el primer salario trabajando en base en mi licenciatura universitaria. Conocí el amor bisoño y también el caduco, hasta sus últimas consecuencias; aquí está la tumba de mi padre y la vida de la familia que él dejó. Cómo no amar lo amado, si en esta capital es donde he obtenido la felicidad que antes no reconocí. Me da gusto haberle sido fiel a esta ciudad de los palacios, tal y como la pintó alguna vez Carlos Fuentes en su novela, *La región más transparente.*

Como dije, estoy al pie de una iglesia, pero dentro de un auto negro. Le ordeno al chofer que no pare el motor del auto donde me encuentro acomodada para que el aire acondicionado siga refrescando mi angustiosa espera. Miro hacia los lados, pendiente del exterior. Veo los rostros de muchos invitados que han llegado a tiempo cumpliendo con la cita. Impacientes buscan mi atavío, pero a mí solo me interesa un rostro. Faltan minutos para que la ceremonia comience y él no ha llegado. ¿Qué pasará? Estoy segura de que vendrá. Él nunca ha fallado a mis citas y mucho menos a esta que marca un hito en la vida de ambos.

Fue preciso arrojar por la borda y desechar lo ocurrido en Monterrey. Sólo así he podido llevármela tranquila. Aunque es lamentable recordarlo. Edgar sigue apareciendo en mi vida de manera automática. Imposible figurar esa hermosa ciudad sin la imagen de él. Una metrópoli próspera, industriosa, nueva, pero donde mi corazón dejó una gran nostalgia viviendo tiempos aciagos, que serán difíciles de borrar. Sucesos que no podré omitir de mi futuro. Edgar ha sido, desde entonces, el testimonio crucial de mi existencia, del momento en que terminó una época intrincada y comenzó otra plana. Donde terminó el virus infeccioso y se hizo la salud en las páginas de mi enciclopedia. Cambió la noche convirtiéndola en día, el error en cuenta nueva, la resta en suma, el pasado tormentoso transformado en presente aclarado. Esa es la razón por la que sigo queriéndolo con una fuerza distinta a la de antes, con el fervor mítico del pupilo hacia el maestro, del subordinado al jefe, porque de sus años aprendieron a vivir los míos, con similar sapiencia.

Aprendí el riesgo que corremos las personas en la búsqueda del ser. Me enseñé a defender mi identidad y su equivalencia, a valorar el sentido de la vida, a no caer en la enajenación, a no dejarme contraer por las engañosas modas sociales y los costos sin título. A no ser manipulada por la comunicación masiva. A generar y digerir mi propia comunicación con los que me rodean. Después de todo, conozco el afecto y la belleza, el bien y el mal, el disfraz y la simulación en toda su magnitud. Gracias a eso creo que voy en busca de la verdad; y gracias a esta libertad de la que hoy gozo, puedo dejarme conducir hacia el regalo que me da la naturaleza, que es la vida. No me he dejado tentar por la trampa del espejismo.

Hoy, pasados dos años y medio de aquella tremenda crisis y aquí en el umbral de esta iglesia, me dispongo también a desprenderme de los viejos tabúes del celibato. Hoy me caso con el hombre que siento y creo es el príncipe azul, después de haber andado por el camino pedregoso durante treinta y tres años. Qué bueno que me caso a esta edad. Una edad madura, consciente y juiciosa.

Miro y volteo hacia todas partes, nuevamente a la derecha y a la izquierda; persisto impaciente en el asiento trasero del elegante automóvil. Muevo el cabello entrelazándolo con mis dedos, pretexto para darle tiempo al tiempo. Suavizo mi vestido blanco con las manos impregnadas de perfume, esperando inquieta al borde y al frente del inmenso atrio del templo. En unos minutos más dejaré mis apellidos colgados en la pared del pasado, sólo serán retratos del ayer, tiempos de soltera; ofreceré mi mano comprometida para ser transformada por el anillo matrimonial. Así, luciendo de blanco, pisaré la alfombra interior del claustro que se extiende como un camino largo, para llegar con la frente erguida al pie del altar. Sueño de cientos de mujeres y de padres religiosos, que contienden por este momento culminante. Cuántas aventuras dejé en el camino que pudieron haber terminado en el lodazal de los baldíos o en el barranco de los hechos fortuitos. No tengo en mente el número de fulanos pendencieros que se ufanaron ser mis dueños a base de engaños, para violar mi persona con su inmaculado machismo, olvidándose primariamente que era una mujer y no el objeto de su deseo. Me conmueve pensar en ello, porque ahora yo escogí y no me escogieron. La decisión fue mía, sin influencia de un miembro viril erecto, disfrazado y escondido en los bares o en las calles. Ahora comprendo que las aventuras pasadas en mis años juveniles pudieron no haber sido tan terribles. Yo las hice terribles.

Ya casi es la hora en que el sacerdote saldrá para recibir a la comitiva nupcial. Sigo volteando para allá y para acá, sin mirar conscientemente a nadie. Estoy muy nerviosa y creo que todos lo han notado. Me comen con sus miradas. Sigo sentada en el interior de este auto largo y negro, bastante ancho, curiosamente ataviado para mi boda. Estoy uniformada de mi propia concordia.

A estas alturas, mi pensamiento entra y sale de la realidad. Me siento más segura como mujer y del alcance que puedo desarrollar como profesionista. Seguiré trabajando con ardor. Crearé un plan de vida y carrera junto a mi esposo. ¡Qué bueno que las cosas con mi madre se subsanaron! Al fin y al cabo, la reconciliación con ella tuvo sus frutos; ahora entre las dos llevaremos avante la ferretería que mi padre, con esfuerzos, nos heredó. Emprenderé innovadoras estrategias de venta, diseñaré acciones que redunden en la preferencia del cliente. Juntas, haremos genialidades, haremos equipo, lo sé.

Un hueco me falta por llenar que he dejado intencionalmente para después. Tal vez porque requiero ayuda para reforzar mis debilidades y encontrar su origen. Trataré de adaptarme a mi nueva vida sin doblar las manos y recogeré los frutos de los años venideros en compañía de quien será mi esposo. Seré capaz de reconocer mis fortalezas. Confieso que no será fácil entender el amor en todas sus direcciones: como pareja, como amante, como amiga. Será interesante dar y recibir proporcionalmente. Sacar mis sentimientos amorosos de la profundidad oceánica en que estuvieron hundidos para ponerlos a flote. Ojalá y el compañero que hoy elijo represente no solamente a mi ansiado amante y complete el hueco cariñoso por colmar, sino también me haga comprender el trasfondo de la palabra masculina, que tuve intermitente durante mi crecimiento. Dicen que el matrimonio es la segunda escuela de la vida. Quiero un hombre completo. Al compañero que me escuche en atenta reciprocidad. Al hombre fiel que me represente ante la sociedad. Al amante que me haga sentirme joven y buscada, deseada y bella, atractiva y coqueta. Que me haga el amor en todas sus formas caprichosas, que me envuelva en su virilidad, que estimule mis ansias y me vuelva loca en la cama.

Vuelvo a sacar el diminuto espejo de mi bolso de mano y contemplo mi rostro para verme a los ojos en busca de respuestas. En ocasiones, quisiera que hablara para marcarme los errores que seguramente han de aflorar.

Vaya, al fin apareces detrás de una palmera de tallo indisciplinado, en medio del patio enorme. Ahí estás, Edgar; qué bueno. Sabía que no podías fallarme. Entraremos juntos a la iglesia, tomados de la mano como nunca imaginamos estar desde hace muchos años. Nos tomaremos una y otra foto para recordar este momento. Espera, ya no tardo.

Cómo sufrí por él aquella noche en Monterrey, cuando el cuchillo infausto hizo estragos en sus intestinos. Nunca tuve una noche tan aciaga como la que viví en esa ocasión. Qué bueno que, al final, todo salió bien y ahora estaremos juntos otra vez. Recuerdo que estaba hecha una loca; le vi sangrando por todas partes, tirado en el piso como un animal atropellado a media calle, con el puñal hundido hasta su encuentro con la cacha. Le hablé tantas veces, pero él no me escuchaba, llegué a pensar que estaba muerto. Buscaba una sábana para mojarla y limpiarle toda la sangre que le escurría, darle los primeros auxilios con algo, pero a pesar de buscar en cada una de las habitaciones un maletín médico o algo que se le pareciera, no pude hallarlo hasta que, finalmente, abrí la puerta a los vecinos para que pudieran prestarme ayuda.

Muchos días transcurrieron para despejar esa penosa y publicada situación jurídica. En cuanto me liberaron los judiciales, hice guardia en el hospital al pie de su camastro en el Instituto Mexicano del Seguro Social, donde fui a pasarme noches enteras después de que sucedió nuestro altercado. El hospital era un centro médico localizado justo en la avenida Constitución, en Monterrey, casi en el centro de la ciudad, y a donde llegaba muy fácil en camión o en carro de alquiler. Ahí estuve pagando, a cuenta personal, lo que él mismo había hecho por mí meses atrás. Caprichos del destino y del juego interminable de palabras, hoy por mí, mañana por ti.

Sin embargo, ahora que veo tu rostro desde la ventanilla de este alquilado carro y te hablo sin que me escuches, te evoco en los resquicios de mis remembranzas. Fuiste mi catarsis, mi desahogo, la esponja donde deposité un mar de lágrimas, mi compañía en la desolación y en el mayor vacío que alguna vez experimenté como ser humano. Sólo de ti obtuve reconocimiento, halago, ternura, cuidados y aplauso. Es por eso que sigo admirándote con todo mi corazón.

De niña lloraba mucho. Caprichuda hasta decir basta. Dicen que excesivamente quejumbrosa. No recuerdo bien esos años tan lejanos de mi infancia. Lo que sí puedo recordar es que mis padres siempre fueron muy despegados cuando yo alcancé la pubertad y pasé a la adolescencia. Me engañaría si dijera que alguna vez recibí una felicitación por buenas notas en la escuela. Mis boletas escolares solamente llevaban la estampa de su firma sin yo recibir un premio. Me ceñía al escrutinio simple de su labor paternal, en una acción considerada saludable de ellos hacia la vista de mis calificaciones. Mis años de escolapia fueron grises en el corazón de la familia, igual que lo fueron para mis hermanos. También se enlazaron detalles cicatrizantes que no puedo olvidar y creo que nunca podré hacerlo, como aquel día en que compré, con mis ahorros, un camisón en que se dejaba ver parte de mi pecho naciente. Tendría aproximadamente unos catorce años cuando, parada junto a mi cama y admirando mi hermosa prenda frente al espejo, presumiendo mi cuerpo, llamé a mi madre para compartir el gusto. Enorme fue mi sorpresa al oírle gritar que yo parecía una prostituta de la calle, una provocativa insana, una puta parrandera con pensamientos diabólicos y libidinosos. Me desgarró el camisón color azul comprado ese día en una de las calles del centro de la ciudad. Mi padre se prestó a la reprimenda y entre los dos me dieron una sonora golpiza de pronóstico reservado que ha perdurado en mi memoria desde entonces.

¡Qué padres me tocaron! Por eso, ahora, gozo de esta posesiva libertad que yo misma he interpuesto entre el ayer y el hoy, pero que sólo depende de mi razón de ser. De mi nueva identidad, ganada a pulso, a fuerza de tantos tumbos que he dado en la vida. Aprendí que, en los años de recorrido de una persona, existen pasajes imborrables que te marcan el resto de tus días. En otras palabras, hay acciones calificadas como execrables en el pasado, que no podrán ser desprendidas aún con el paso de los años. También existen hechos y acciones, como las de Edgar, que encumbran a la máxima expresión. La excelsitud del ser humano con todo lo que él me dio. Estoy profundamente agradecida con él. Es por eso que, hoy, le he invitado para compartir y correr los dos otro momento memorable. Es una lástima que nuestra ambivalencia nos separe y nos impida ser el uno para el otro. Pero creo que al final ambos lo hemos comprendido.

Caray, cómo el tiempo cambia las cosas en los deseos de una persona. Después de tantos años de evitar que mi cuerpo se deformara, ahora espero dar a luz a un bebé que llevo en mi vientre. Quiero ser madre. Sí, quiero ser una nueva experiencia en este México poblado, ponerle número a la casa. Prolongar mi existencia, extender mi flujo sanguíneo para dejar herencia e historia en la boca del que me seguirá con los años. Quiero verme al espejo acompañada. Ser un tallo con retoño florecido, esperar las primaveras brillantes y los veranos calientes con unas manitas sujetas a las mías; ver mi rostro en el suyo como el espejo creado por la divina multiplicidad del ser humano. Quiero sentirme útil, ocupada, dar esa energía que me sobra todavía y que tengo aquí guardada para darle aliento a quien me dirá mamá de un modo sublime y tierno. Quiero darle a mi país un hijo bien dotado, inteligente, independiente, educado, patriótico, visionario y leal a sus principios. Espero poder concedérselo.

Así es, Padre mío. ¡Padre ausente! Ahora me tocará hacer tu papel. Qué cosas tiene la vida. Tú fuiste analfabeta y yo soy una Licenciada en Psicología, y aún con mi preparación incipiente, me siento tan ignorante que cambiaría tu sabia experiencia por mi novatez en las lides maternales. Se acabaron las venganzas y las actitudes revanchistas. Ya no habrá más *Eduardos* para mancharte, ni escupiré tu recuerdo en la aparición de tus consejos. Cuidaré de ti, como tú lo hacías de mí, celosamente. Descuida, hiciste un buen trabajo. Te amo padre. Soy tu herencia. *Déjame imaginar* que todavía te tengo.

¡Ya voy Edgar! No te impacientes. Llévame al altar. ¡Entrégame! Quiero llegar acompañada de tu brazo firme. ¡Ya voy, ya voy!

No existe el pasado

Mes de mayo, mes amigo del sol. El más largo del año. Se elige a la flor de la primavera. Casi en todas las poblaciones provincianas de la República Mexicana se acostumbra, es una tradición tan añeja que no me atrevo a dar una fecha de apertura. Hoy es una tarde lluviosa en la Ciudad de México y debo hacer entrega de una flor de primavera en el altar de esta iglesia. La Flor de la Primavera se elige por méritos propios. Es decir, con la anuencia de un jurado escogido. Se premia a la joven más bella de la localidad, por su juventud y frescura, que son los principales atributos que se califican para poder seleccionarla, según la tradición. Una vez elegida, la muchacha sube a un estrado y se le gratifica colocándole una corona que la simboliza como "Reina de la Primavera". Según los astrólogos, la mejor estación del año. Allí, frente a la mirada de toda la concurrencia, se le hacen los honores al símbolo primaveral del perfecto encanto femenino. Después irrumpe la música, y entonces todos los allegados y amistades desean desbordarse con la grácil peregrina venida de la flor más bella del ejido. Es menester decir que, para todos los concurrentes, resulta memorable y atractivo bailar con ella, ceñir su talle y verse favorecido con una sonrisa de la reina, que en plena fotografía mostrará mañana en los periódicos el recuerdo de una celebración inolvidable.

¡Hoy es uno de esos días! Entregaré a la morena más bella del ejido. A la Reina de la Primavera. Yo me transformaré en un trozo de hielo polar. Sí, esta tarde seré el *rey feo,* que también se celebra en mi pueblo. Dejaré en el altar la más bella prenda, el recuerdo de lo que pudo ser mi pretendida primavera. Depositaré a mi amada Rosario en las manos del hombre que quise ser y nunca pude. Aun y cuando busqué mil y una fórmulas para serlo. Mientras la observo, impaciente, dentro del coche nupcial, estacionado al filo del atrio, volteando insistente para mirarme y encontrarme, atento a su sonrisa, que se asoma cruel y desconcertante. La verdad es que no pude hallar las matemáticas sentimentales que dieran con un resultado positivo. ¡Qué lástima, pudimos ser tan felices! Para ella este es un día inolvidable. Para mí significa enterrar mis sueños y fantasías, que ahora se perfilan hacia la profundidad de la tierra, donde todos nos hacemos polvo, como en polvo se convirtió mi sueño.

Mi madre querida decía que yo tengo un gran defecto. Tengo la maldita costumbre de externar todo lo que siento y veo. Decía que no sé guardarme nada; ella me acusaba de ser extremadamente previsible. Sin duda fue uno de mis grandes errores. Querer ser autentico, transparente, honesto y abierto. Rosario siempre supo de mi desgaste poético y de mis jaloneos románticos, que afloraron constantes en frases delatadoras cada vez que nos vimos. Creo que nunca hubo un día en que mis ojos no se manifestaran pendientes de los suyos y ella supo leerlos a la perfección. Recuerdo aquella vez que la invité a tomar un café, en una de esas colonias elegantes de Monterrey. Desde ahí le dije que ella era una mujer que no me gustaba para una aventura. Que no me inspiraba su singular coquetería, el instinto vulgar de acostarme con ella a las primeras de cambio. Porque el hombre puede tomarse la ligereza de visitar casas de baja reputación. Encontrar amiguitas de fácil acceso en donde apaciguar los calores sexuales masculinos, vaciando su energía en una vagina sin sentimientos. También le dije que yo deseaba un estereotipo de relación sentimental. No quería hacerla pasar como mujerzuela en mi compañía. Ansiaba poseerla de otra manera, de un modo serio, formal, caballeroso, gentil, íntegro. Craso error. Es por eso que, desde la primera conversación, se percató que traté de convertir nuestra amistad en un compromiso cordial. ¡Qué infortunio! Como diría mi madre: "¡La asustaste, hijo!" Porque ella tenía lo que todas las mujeres llaman, un sexto sentido.

Ahora, después de tantos años de amar a Rosario y de vivir en el hastío, sopeso el error de mi estúpida actitud. Mis añejas tácticas de don Juan fallaron desde el primer día de nuestro encuentro. Me entero después de que a cuantiosas mujeres les encanta regocijarse en la insinuación. La verdad desnuda les asusta. Le huyen al compromiso inmediato y a la declaración espontánea. Claro, me refiero a la mayoría de esas mujeres que prefieren estar atentas al piropo disfrazado. Mujeres que están pendientes a la encaminada seducción, que comienza por confundirse entre frases banales y palabras triviales, dilucidando veladamente una incitación conspiradora. A la espera de una llamada telefónica en busca de una cita que perturbe la jornada laboral. Les gusta gobernar aquella relación que nazca de sus faldas y hacer rendir al de pantalón. Y lo que yo hice en flagrante ignorancia fue tratar desde el principio de enjaular a la presa para satisfacer un instinto de posesión, buscando el apresurado sí, audaz, sin percatarme que en un *tris* había espantado a la hembra. En ocasiones la claridad llega a caer en la insolencia, y así la veracidad de las palabras bien firmes se extravían en busca de una respuesta concreta, y sólo encuentran evasión. Desafortunadamente esas cosas no se aprenden de la noche a la mañana y, al final de la crónica, los desenlaces terminan como el día de hoy, en forma irónica.

Yo debo entregar en un momento más a la mujer que tanto amo. Ya no se lo repito. Me he quedado callado. Debo entregarla a otro hombre al que envidio, pues tuvo la inteligencia para guiar adecuadamente a una joven rebelde, beligerante e intranquila. La ha llevado a una vida sin conflictos y por un camino sin piedras, sin obstáculos, ayudándola a manejar sus contingencias. A ese hombre, que no quiero saber siquiera su nombre, que nunca ha sido casado, que es más joven que ella y que la ama sin auscultar su pasado: ¡Bravo!

Vuelvo a fijar mis ojos en el vehículo nupcial y ella sigue mirándome con su tez morena, alzada por la insulsa altivez que le caracteriza. Han ordenado, desde el interior de la iglesia, el momento de entregar a la novia. Mis manos están hechas un puño, al punto de congelación. No sé en dónde poner mis pies. Me estorban para caminar. Todo me molesta y parece ridícula mi presencia en este lugar; ignoro si es bueno llorar o reír, correr o quedarme, gritar o callarme. El sol se ha escondido entre los cielos contaminados de esta increíble ciudad y la tarde languidece auxiliada por la bruma y el *smog* de la capital más poblada del mundo. Los ruidos no se oyen, se pierden. Los árboles no se ven, se difuminan. No hay movimiento, sólo percibo un airecillo que sopla sobre mi frente húmeda y alborota mi cabello. Los invitados quedaron inmóviles con la sonrisa entre los labios, nada se mueve.

Rosario sale de su negro escondite con su blanca mascarada y se dirige a mí, con una decisión inexplicable. Mi mente teje mil preguntas en el espacio de la nada, el vacío se proclama vencedor en un momento en que la guerra debiera ser imparable, rabiosa. Y yo, como un guerrero herido por las mil batallas, he bajado la espada para quedarme en un estatismo incomprensible, esperando que la guadaña corte de tajo mi existencia.

—Edgar, ¡qué bueno que estás aquí! ¡Me da gusto verte! ¡Esperé tanto este momento! —dijo evidentemente emocionada.

—Yo no —contesté secamente—. Hubiera preferido suicidarme antes. Pero no tuve el valor de hacerlo. Ni ayer ni hoy la suerte estuvo de mi lado. Porque en este presente te veo igual que en el pasado. Inmaculada, brillante y divina. Vine porque he accedido a tus ruegos, a los que nunca supe negarme. Aunque entérate, sigo pensado en lo que pudo ser y no será. —La miré directo a su cara con obcecado detenimiento. Busqué sus ojos que de mis labios estaban pendientes, y le dije—: *Déjame imaginar que no existe el pasado.* Que sólo existe el hoy. Y que no existirá el mañana. Que tú y yo somos un espacio sin llenar en el ámbito meramente mundano.

—Sin duda es lo mejor para los dos —dijo apuradamente, buscando darme una respuesta determinante e inobjetable, procurando no hacerme enojar con su comentario—. No se puede fundir al invierno y al verano en una sola estación. Sería romper con la génesis longeva de este mundo destinado a preservarse.

Metió su brazo izquierdo entre el mío ubicándolo en mi costado. Su mano suave y frágil llegó hasta mis dedos provocándome una erección automática. *Cada estupidez que cometen los miembros del organismo*, pensé. No sé qué movimiento hicimos, pero quedamos tan cerca el uno del otro que pude haberla besado justo en ese momento, delante de todos; pero la cordura y la maldita acidez me retuvieron. Las notas nupciales, hechas música, movieron las cabezas de los innumerables invitados hacia la boca del recinto eclesiástico. Umbral que ocupábamos sin perder la mirada del uno con el otro.

—Sólo vine a despedirme, no vine a detenerte.

—¡Qué caprichos tiene la vida! Y qué irónico este reencuentro —dijo Rosario ataviada por el velo que le acariciaba sus mejillas—. Pensar que hubiéramos podido cambiar el mundo.

Su enunciado no tuvo eco en mi respuesta y contesté con otra cosa distinta:

—Tú serás como las noches que llegan del cielo, alumbradas por las estrellas. Siempre estarás de vuelta conmigo, con la misma luz golpeando mis sienes. Seguirás en mis recuerdos, aunque tus desvelos pertenezcan a otras lunas y ellos me avisarán que sigo vivo. ¡Nunca nadie, Ni tú ni tu pareja, sabrán cuánto te amé! —se lo dije con tanta inquina, que seguro estoy le llegaron mis palabras hasta las grietas de su conciencia.

Instantes después, sin pensarlo mucho y con toda la firmeza que mi seguridad detentaba, le dije mirándole a los ojos con extrema firmeza:

—¡Rosario! ¡No quiero saber de ti jamás! ¡Ni para bien ni para mal! ¡Deseo con todo mi corazón que me borres de tu mente, para que yo te borre de la mía! Desapareceré de tu vida a partir del momento en que te entregue —lo dije con la garganta tartamuda y temblorosa, casi a punto del sincope. Con la mandíbula rígida y los dientes apretados, la sentencié—: ¡Así como te amé, así te olvidaré! ¡Si fui capaz de hacerte, seré capaz de deshacerte!

Llegada mi condena a sus oídos, apareció el pánico en su semblante y de inmediato se llevó el pañuelo a sus ojos, porque de ellos brotó el diluvio. Un llanto que figuró la frontera entre el siempre y el nunca. Entre el hoy y el ayer, que ambos atestiguamos. Una historia que no tuvo fin, que no llegó a nada. Que se perdió en la selva de los arrebatos cotidianos y que no figuró en el almanaque de nuestras vidas.

Hundió su cabeza en el cuello y bajó la mirada ostensiblemente. Yo levanté la frente para mirar el pasillo alargado y borroso por la bruma que irrumpió en mis ojos. Los metros se hicieron kilómetros y los kilómetros se convirtieron en un infame desierto. Comenzamos a recorrer ese camino, cuando de soslayo alcancé a ver un arroyo sobre la comisura de sus labios, formando dos canales acuosos en sus mejillas coloreadas. Entonces la distancia se separó del tiempo. El reloj marcó el final y llegamos paso a paso al pie del altar donde la deposité, tal y como estaba descrito por el protocolo eclesiástico.

Al punto, su mano enguantada se resistió a soltar la mía. No quise pensar en nada. Absolutamente en nada. Arrebaté mi mano de la suya que dejé extendida en el aire. De ese modo le dijimos adiós a dos caminos que antes fueron un sendero. *¡Que Dios te acompañe!*, le repetí en mis adentros, aprovechando la escenografía. Llorando nos miramos por última vez.

Déjame imaginar que no existe el pasado.

Me aparté de ella y ofrecí una doliente sonrisa al novio, guardando mis manos vencidas en los bolsillos y torciendo el tórax, para alcanzar un lugar en una de las bancas bien nutridas que eran ocupadas por los innumerables asistentes a la ceremonia. Allí permanecí sentado, sordo, inmóvil, preso, estúpidamente engarrotado. Sin fuerzas para seguir el ritmo de la misa, que todos al unísono secundaban por las instrucciones del párroco. Al final del rito cristiano, los novios se besaron y abandonaron sus banquillos. Ella ofreció una sonrisa melancólica al público interesado y se ocupó del quehacer que le daba su vestido blanco.

Concluyó la ceremonia nupcial con el viaje de regreso por el mismo pasillo angosto y alargado hasta las postrimerías del templo iluminado por el fulgor de una luna cómplice. Ahora esposos, él y ella se acompañaban del brazo y del futuro que les rondaba. Rosario y yo ya no volvimos a encontrarnos con la mirada. El adiós ya se había establecido en forma mecánica. El adiós salió de nuestras almas mutuamente en un mensaje clarividente y mágico. De entre la multitud que se arremolinó en el pórtico de la iglesia, escapé casi corriendo sin despedirme de nadie, cuando la claridad insolente de la luna caía entre las calles poco alumbradas de la Ciudad de México.

Justo en ese momento se me vino la letra de una vieja canción que, sin desparpajo, entoné a solas, pero en voz alta…

"Que un viejo amor
ni se olvida ni se deja.
Que un viejo amor
de nuestra alma sí se aleja
pero nunca dice adiós...".

Desde entonces no he podido conciliar el sueño, sin antes recordarte cada noche. No me he olvidado de tu olvido, que hasta hoy me recuerda que todavía transpiro. Vivo hablándole a tu memoria, en ese vacío fantasmal que me acompaña en todo mi tiempo, personificándote como si estuviese tu halo en mi almohada. Desde que saliste, las ventanas de mi casa no se abren para recibir el aire. Desde entonces, el exterior no invade mi intimidad. Respiro con el yo repetido en mil verbos sin poder conjugarse pluralmente. Y es que la sal no se asocia con el azúcar, ni el aceite con el agua. Algebraicamente, el más con el menos se repelen, la suma con la resta no se enlistan en la misma relación. Así fuimos tú y yo: polos opuestos que jugaron al gato y al ratón cayendo, al final, en una trampa laberíntica. Como las quince letras que encierran "un amor imposible".

Desde entonces te idealizo cuando llego a casa cada noche, como lo que nunca fue y nunca será. Como la canción que no se puede cantar, pero se aprende de memoria; como la fotografía que se mira pero no se reconoce. Desde entonces he escrito cien poemas con una protagonista y un sólo nombre que evoca tu génesis. Desde entonces, más te pienso sin que te enteres; calladamente te llevo entre mis venas que arrastran mi sangre infectada bajo mi cuerpo dolido por los rencores. Desde entonces, mi piel añora tus caricias y cercanías, tus perfumes inquietantes, tu lozanía que comprobaron mis brazos cuando se abrazaron con tu cuerpo.

Desde entonces, no dejo de pensarte y en ti vuelco la página que humedece mis ojos cada vez que pronuncia tu nombre. Eres la hermosura plástica y necia, la nube vaga de incienso, la luz quebradiza de mis ideales; eres la gloria ida. La flor de mis encantos en ruina, el sueño de mi sonrisa esfumada. La ruta de mis quebrantos, el capricho de mi existencia, la princesa sin rey, y mi barca perdida entre el huracán oceánico. Desde entonces gozo del privilegio único de encontrarte en la vía de mi anhelo.

Ahora sé que sólo fuiste un sueño del clima regiomontano.

Te acusé de haberte enamorado de quien no te correspondía y es la misma pregunta que me hago. ¿Eras la mujer para mí? Te acusé de no apreciar el trabajo y el amor que te dieron tus padres y, ¿dónde están los míos, de los que hace mucho no sé nada? Tú encontraste un futuro, ¿y yo? Encontré la amargura. Es por eso que los días, las semanas, los meses y los años, a mi soledad le han hecho magra compañía. Qué infame es el tiempo cuando los recuerdos nos invaden. Y qué fieles son las heridas cuando el tiempo las renueva y te hacen regresar al camino andado.

Hoy estoy aquí, otra vez, en este hotel. Increíblemente solo, en la habitación 325. En este encierro que trastorna mi cabeza. Recluido en esta obsesión enfermiza, para culminar con una tarea que antes debió ser cumplida a cabalidad, en la vida de Rosario.

Aunque hoy no la interrumpiré. No tengo a quién llamar. Aquí estoy, conmigo mismo. Decidido a darle fin a esta agonía. Ahora el actor protagonista soy yo, quien sujeta una navaja tan filosa como la que algún día Rosario esgrimió…

Y la historia cambió…

www.ingramcontent.com/pod-product-compliance
Lightning Source LLC
Chambersburg PA
CBHW052135170626
46812CB00004B/1432